KUWEI
酷威文化
图书　影视

深渊

来人间，就是玩

蔡澜 / 著

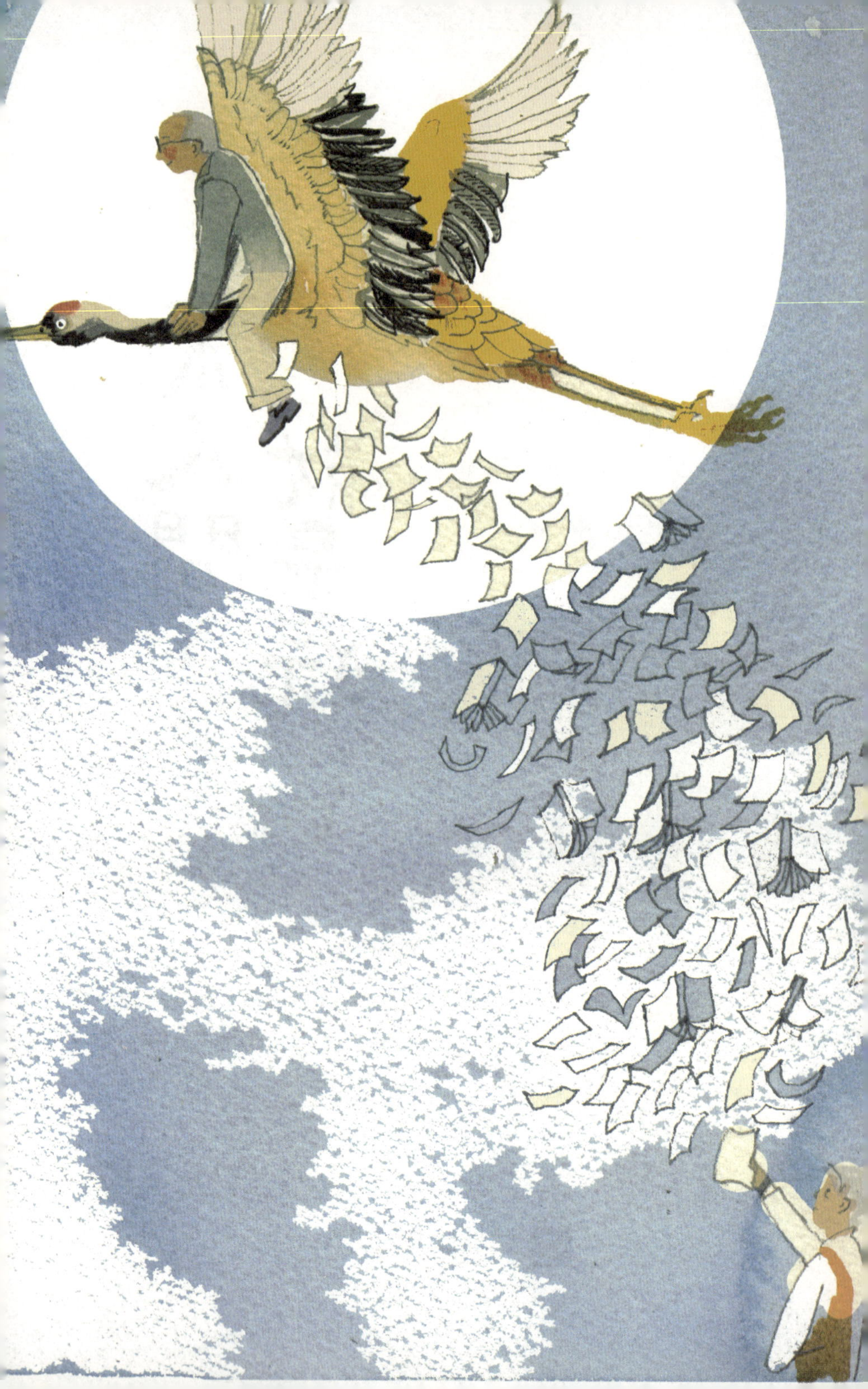

目录
Contents

序 — 001
人生真的不错，真的好玩啊　　003

书中自有一方天地 — 007
诗词和对联，都是愈简易愈好　　009
还是经典的好　　014
旅行的最佳伴侣，是金庸小说　　016
蒲松龄是说故事的高手　　018
天下笑话，总括起来也不出那一两百个　　022
畅销小说，好看就够　　024
心烦时，临摹《心经》吧　　026
中国诗和中国画　　030
装裱本身，已是一门很深奥的艺术　　033
匪夷所思的构想　　037
寂听的名言　　041

*蔡澜谈读书　　043

散散步，看看花，是免费的 —— 047

如果养宠物，就养乌龟	049
把猫当主人，它才可爱	053
逛花市，总有乐趣	056
住在风铃里	059
当成艺术，杀价就是一种乐趣	061
成龙的半个紫檀师父	065
自己设计信笺，拿去印	067
浅浅做学问，自得其乐	069
在南斯拉夫偷采苹果	072
*蔡澜谈闲情	074

人生若得趣友若干 —————— 077

任何单调乏味的东西,给它们上色	079
我宁愿坚强下来教你	083
金庸的稀奇古怪	085
绑架成龙拍电影	088
至情至性的黄霑	095
一个人也可以很快活	102
一生中,从来不用床	105
发妻	107
电影之路和补习之路	110
研究物理学的蔡志忠	112
和沈宏非吃饭	114
给亦舒的信	116
*蔡澜谈友情	125

世界不止一隅 —— 127

旅行时，带点无形土产	129
不一样的西班牙	131
人生必到的小岛	134
离别时去看满月下的泰姬陵	136
难忘曼德勒之路	138
世界上最幸福的人	140
三十年威士忌配百万年的冰	143
追寻高更	146
我们与《卡萨布兰卡》的距离	149
印第安纳·琼斯的粉红大门	152
极光不是绿色的	154
*蔡澜谈旅行	156

电影江湖 —————————— 159

做制片人,是怎样的体验　　　　161
作为电影监制的最大乐趣　　　　169
在佛门圣地拍电影　　　　　　　171
艺术良心　　　　　　　　　　　173
好莱坞的电影之道　　　　　　　176
科幻电影　　　　　　　　　　　180
配音是一种怎样的体验　　　　　183
论李安　　　　　　　　　　　　189
成为电影巨匠的标准　　　　　　192

* 蔡澜谈电影　　　　　　　　　194

成为妙人 ——————————— 201

柏拉图谈爱情和婚姻　　　　　　　203

明代的美人标准　　　　　　　　　205

男人该选哪种香水　　　　　　　　210

看领袖人物的衣着玄机　　　　　　214

人可以貌相　　　　　　　　　　　216

互相尊敬，是基本的礼貌　　　　　219

听多了，你会变成一个多姿多彩的人　223

* 蔡澜谈教养　　　　　　　　　　225

附录　采访自己 ——————————— 229

关于收藏　　　　　　　　　　　　229

关于旅行　　　　　　　　　　　　233

关于照片　　　　　　　　　　　　237

关于道德和原则　　　　　　　　　241

关于婚姻　　　　　　　　　　　　245

序

人生真的不错，真的好玩啊

我的名字叫蔡澜，为什么叫蔡澜呢？因为我是在南洋出生的，我爸爸说："你就叫蔡南吧，南方的南。"但是我有一个长辈，他的名字也有个"南"字，所以说不好、忌讳，就改成这个波澜的"澜"字了。古语也有云"七十而不逾矩"，"不逾矩"就是不必遵守规矩，一下子就活了。

人生真的不错，真的好玩啊。有两种想法，你如果是认为很好玩就好玩，你认为不好玩就不好玩。就像你走过去一出门，满天乌鸦嘎嘎嘎地叫。这个很倒霉，但是你想，乌鸦是唯一在动物中间会把食物含着给爸爸妈妈吃的，这种动物很少，包括人类也少了。所以说在这么短短的几十年里，把人生看成好的，不要看成坏的，不要太灰暗。我最喜欢跟年轻人聊天，因为我想我可以跟他们沟通，我自己心态还算年轻。就是发现很多年轻人，还是跟我有一点代沟，就是我比他们更年轻一点。

尽量地学习、尽量地经历、尽量地旅游、尽量地吃好东西，人生就比较美好一点,就这么简单。我喜欢看书,我喜欢看很多很多的书,什么书我都看,小的时候就看《希腊神话》,喜欢看这些幻想的东西。我也喜欢旅行,一喜欢旅行眼界就开了,看人家怎么过活。我在西班牙的时候去看外景,有一个老头在钓鱼,西班牙那个岛叫伊比沙岛,退休的嬉皮士都喜欢在那边住的。这个老嬉皮在那边钓鱼,我一看前面那些鱼很小了,我一转过头来,那边的鱼大得不得了。我说:"老头,那边鱼大,为什么在这边钓?"他看着我说:"先生,我钓的是早餐。"没错,一句话把你的人生的贪婪,什么都唤醒了。

在旅行中间,你可以学到很多很多的人生哲理。另外的一次,在印度的一座山上,对着整天煮鸡给我吃那个老太太,我说:"我不要吃鸡了,我要吃鱼呀!"那老太太说:"什么是鱼?"她都没看过,那是山上。我就拿了纸画了一条鱼给她,说:"你没有吃过真可惜呀。"老太太望着我说:"先生,没有吃过的东西有什么可惜呢?"都是人生哲理。

我出道很早,我差不多十九岁已经开始做电影方面的工作了。那时候跟一些老前辈一坐下来,一桌子十二个人,我最年轻。但是我坐下来的时候,我已经在想有一天我会是在座中最老的呢。果然,这个好像一秒钟以前的事。我昨天晚上跟人家去吃饭,我一坐下来已经是最老的了。所以不要以为时间很长,就是这么一刹那就没了。

提到墨西哥,我在墨西哥也住了一年,去到墨西哥的时候,我看到有人卖爆竹烟花,我想去买来放。我的朋友说:"蔡先生,不行,不行啊，死了人才放的呀！"为什么死人要放烟花爆竹，其实他们那边的人生活很辛苦，人很短命，跟死亡接触得很多。那么既然接触得很多，那为什么不把死亡这件事情变成一种欢乐的事情呢？为什么一定要活着才庆祝嘛，人死了就庆祝呗。

我认为年轻人要做什么都可以的，只要有心的话，总有一天会做到，这个就是年轻的好处。在玩乐中体验人生，在平常的烟火气中感受生活的美好。我到一个餐厅去，我吃了很好吃的东西，我就写文章来推荐给大家。因为做生意的确不容易，我不会随便骂人。至少呢，我写的那些文章人家拿去，可以彩色放大了以后贴在餐厅外面。你到香港去看好了，通通是，总之做什么事情都要很用心去做，样样东西都学，有一本书教你怎么做酱油的，我也买回来看。像我，我也练书法、刻图章，学完了、学多了以后，就样样东西是专家。所以，人的本事越多越不怕。

有一次我坐飞机，晚上的飞机，深夜的飞机多数遇到气流，这次飞机颠得很厉害，就一直颠、一直颠。颠就让它颠吧，我就一直在喝酒。旁边坐了一个澳大利亚人，一直在那抓，一直怕，一直抓，一直怕。好，飞机稳定下来了以后，他看着我，非常之满意地看着我。他说："喂，老兄你死过吗？""我活过。"

年轻人，总要有点理想，总要有点抱负，总要有点想做的事情，要做就尽量去做吧！

书中自有一方天地

诗词和对联，都是愈简易愈好

谈起诗词，又发雅兴。

丰子恺先生游四川时，得到两粒红豆，即作画题诗赠友人，诗曰："相隔云山相见难，寄将红豆报平安。愿君不识相思苦，常作玲珑骰子看。"

我喜欢的诗词和对联，都是愈简易愈好。有的更像日常对白，像"吾在此静睡，起来常过午。便活七十岁，只当三十五"。

梅兰芳先生赠演员友人的是："看我非我，我看我，我也非我；装谁像谁，谁装谁，谁就像谁。"

蒋捷的《虞美人》也易懂："少年听雨歌楼上，红烛昏罗帐。壮年听雨客舟中，江阔云低、断雁叫西风。而今听雨僧庐下，鬓已星星也。悲欢离合总无情，一任阶前、点滴到天明。"

纳兰性德的词也浅易："明月多情应笑我，笑我如今。辜负春心，独自闲行独自吟。近来怕说当时事，结遍兰襟。月浅灯深，梦里云归何处寻。"

郑板桥《远浦归帆》亦曰:"远水净无波,芦荻花多,暮帆千叠傍山坡。望里欲行还不动,红日西矬。名利竟如何?岁月蹉跎,几番风浪几晴和。愁水愁风愁不尽,总是南柯。"

龚定庵的诗是:"种花只是种愁根,没个花枝又断魂。新学甚深微妙法,看花看影不留痕。"

到过年,写春联,意头好的很受欢迎,但淡淡的哀愁更有诗意,代表作有:"处处无家处处家,年年难过年年过。"

也有:"翠翠红红处处莺莺燕燕,风风雨雨年年暮暮朝朝。"更有:"月月月圆逢月半,年年年尾接年头。"

简易诗词受人们爱戴,三岁小孩也懂的诗,一定流传古今,绝不会被时间淘汰,典型例子就是"床前明月光"。

***

好酒之人当然喜爱喝酒之诗词,但也要不太难懂为上选。

白居易诗:"当歌聊自放,对酒交相劝。为我尽一杯,与君发三愿。一愿世清平,二愿身强健。三愿临老头,数与君相见。"

稼轩(辛弃疾,南宋词人)词:"一醉何妨玉壶倒。从今康健,不用灵丹仙草。更看一百岁,人难老。"

李东阳(明代内阁首辅大臣,茶陵诗派核心人物)诗较涩:"梦断高阳旧酒徒,坐惊神语落虚无。若教对饮应差胜,纵使微醺不用扶。往事分明成一笑,远情珍重得双壶。次公亦是醒狂客,幸未粗豪比灌夫。"

陆龟蒙(唐代诗人)的香艳:"几年无事傍江湖,醉倒黄公旧酒垆。觉后不知明月上,满身花影倩人扶。"

陈继儒(明代文学家、书画家)写景:"群峰盘尽吐平沙,修竹桥边见酒家。醉后日斜扶上马,丹枫一路似桃花。"

李白最浅白:"两人对酌山花开,一杯一杯复一杯。我醉欲眠卿且去,明朝有意抱琴来。"

最壮烈的酒对子是洪深(1894—1955,戏剧家,江苏常州人)作的:"大胆文章拼命酒,坎坷生涯断肠诗。"

好酒诗词,必配上好茶诗词,才完美。

白居易有:"坐酌泠泠水,看煎瑟瑟尘。无由持一碗,寄与爱茶人。"

杜耒(南宋诗人)的有:"寒夜客来茶当酒,竹炉汤沸火初红。寻常一样窗前月,才有梅花便不同。"

苏轼的《望江南》:"休对故人思故国,且将新火试新茶。诗酒趁年华。"

茶的好对联有:"青山个个伸头看,看我庵中吃苦茶。"

将酒和茶糅合得最好的是苏东坡的:"宛如银河下九天,钢斧劈开山骨髓，轻钩钓出老龙涎，烹茶可供西天佛，把酒能邀北海仙。"

还有长联曰："为名忙为利忙忙里偷闲喝杯茶去，劳心苦劳力苦苦中作乐拿壶酒来。"

***

和尚诗也不一定是谈和尚，其实有禅味的诗词都应该归于这一类。

关汉卿的小令有："适意行，安心坐，渴时饮饥时餐醉时歌，困来时就向莎茵卧。日月长，天地阔，闲快活！"

这种诗词浅易得像说普通对白，不是关汉卿这种高手是写不出的。

苏东坡的绝句，除了那首《庐山烟雨浙江潮》最有禅味，他的脍炙人口的另一首也属于和尚诗："横看成岭侧成峰，远近高低各不同。不识庐山真面目，只缘身在此山中。"

又有禅味又虚幻的有："花非花，雾非雾。夜半来，天明去。来如春梦不多时，去似朝云无觅处。"

晚唐诗僧齐己的《自遣》诗写着："了然知是梦，既觉更何求？死入孤峰去，灰飞一烬休。云无空碧在，天静月华流。免有诸徒弟，时来吊石头。"

结尾的"石头",是指盛唐著名禅师石头希迁和尚,死后门人为他建一个塔,时常来凭吊,到底有没有这种必要呢?此诗较为引经据典,但也不难懂。

明朝人都穆的《学诗诗》就易明:"学诗浑似学参禅,不悟真乘枉百年。切莫呕心并剔肺,须知妙语出天然。"

又是白居易的禅诗:"蜗牛角上争何事,石火光中寄此身。随贫随富且欢乐,不开口笑是痴人。"

苏曼殊的诗:"生憎花发柳含烟,东海飘零二十年。忏尽情禅空色相,琵琶湖畔枕经眠。"

司马光笑属下诗:"年去年来来去忙,暂偷闲卧老僧床。惊回一觉游仙梦,又逐流莺过短墙。"

说到自然,天然和尚最自然:"古寺天寒度一宵,风冷不禁雪飘飘。既无舍利何奇特?且取寺中木佛烧。"

还是经典的好

什么叫经典,简单来说,就是不会被淘汰的,叫作经典。

网友问我看中文小说,由哪些书读起,我笑着回答:经典呀!什么书才称得上经典?《三国演义》《水浒传》《西游记》《红楼梦》《聊斋志异》等,都是经典。如果想成为小说家的人,连这些书也没看过,甭做梦。

那么金庸小说算不算经典?当然。世界各地的华人都看得入迷,不是经典是什么?内地还没开放时,读者还看手抄本呢。也将一代又一代地相传下去,着实好看嘛。成为经典,唯一的条件就是好看、耐看、百读不厌,各个年代读之,皆有不同的收获。

音乐呢?贝多芬、莫扎特、柴可夫斯基等,他们的交响乐之中,每一次听,都听得出另一种乐器的声音来。学音乐的人,不听这些大师的作品,如何超越?

书法呢?王羲之、颜真卿、米芾、黄庭坚、怀素等人的帖,是必读的,最佳典范,还是看书法百科全书,从篆隶、行书、草书的变化学习。

学篆刻，更少不了研究最基本的汉印，再往上追溯到甲骨文、金文，后来的赵之谦、齐白石、吴让之以及数不完的大师印章，都得一一读之。

绘画方面，得从素描开始，再看古人画，中西并重，方有所成。有了这些经典当基础，才能走进抽象这条路去。

这些你都没有兴趣，要从事时装设计？那也得由古人服装学起，汉服西装都得看熟，创意方起。看希腊石像脚上穿的是哪种鞋子，不然你设计了老半天，原来几千年前已经有人想到，羞不羞？

建筑亦同，所以我宁愿入住古老的酒店，好过新的连锁。每一家老酒店，都有风格，皆存有气派，为什么要在个个相同的房间下榻？

食物更是经典的菜式好，人家做了那么多年菜谱，坏的已淘汰，存下来的一定让你满足。不知经典何物，已拼命去 Fusion（融合），吃的是一堆饲料而已。

骂我老派好了，我还是爱经典。

旅行的最佳伴侣，是金庸小说

长途旅行之前，我会预先把好几部还没看过的电影和电视剧放进iPad之中，到了酒店，睡不着，拿来慢慢欣赏。但看电影电视会厌，读书则没这问题，旅行的最佳伴侣，还是重看又重看的金庸小说。

最近常上微博，最多人聊起的是小说中的各位主角。发问的都是年轻人，可见查先生的作品仍有很大的影响力，也知道大家除了电视，还是看书的。

最常提到又最笨的问题为：杨过怎么剃胡子的？请代问金庸先生请教。

哈哈。他只是独臂，又不是双手皆失，也就不答。

也有很高智慧的，探讨人物的内心深处，我一一回复了，从中选出几位，请他们为了当"护法"，挡掉一些脑残的恶言秽语。

看金庸小说的人，有自己的一套语言，他们有各自喜欢的作品，喜爱的角色也人人不同，大家欣赏的角度有别，但讨论起来不会面红耳赤，更没有像拥护偶像一般地争吵。

从大家的言论之中，也可以觉察看小说与看电视剧有很大的分别，高低一下子分别得出。

看了电视剧而找原著来读的不乏其人，相反就寥寥无几。到底，电视剧给我们的是固定的形象，失去了看书的幻想力。

东方的电影电视，编导的知识水平和制作费与西方有很大的距离，但愿有那么一天，能够出现像《魔戒》一样的特技水准，那么旅行时才把书放下，在 iPad 上一集又一集地追看。

到时，又是不休不眠，回到盖着被单，照着电筒，初看金庸小说时的年代。

蒲松龄是说故事的高手

半夜和老友通电话。

"哈哈哈哈,"他大笑四声后说,"最近常看你改写的《新聊斋》,真过瘾。"

"也不是改写,只借它的精神。"我说。

"我小时候也是最爱读《聊斋志异》的。"老友回忆,"那么多篇东西,篇篇精彩,不管是长的还是短的。"

"蒲老是一个说故事的高手!"我赞同。

"对。"老友愈说愈兴奋,"有了故事,人物才突出。我们写的,都依照这个传统。年轻人总爱描写人物,以为说故事是老土。但是要想写出一篇故事感强的文章,难如登天,是他们想不出罢了,哈哈哈哈。"

"编故事的确真不容易,写得好、说得好也要有天分,加上后天的努力。从前在电影公司做事,导演想开戏,需要说一个故事给老板听,没想到大多数导演连一个简单的故事也说不清楚,怎么拍呢?所以你老兄的剧本那么受欢迎，导演说用你的剧本，老板都有信心。"

"我写的剧本看上去很快就能看完，但是导演不一定拍得出，哈哈哈哈。"老友又笑。

记得当年邵氏开戏，一有卖钱的题材，就约这位老友吃饭，并把主意告诉他。他即刻如数家珍地提供种种资料，让投资者增强了信心。我们也不知道为什么他的记忆力那么好，说什么懂什么。

"看书呀！"他说，"书看多了，什么都会，什么都那么简单。"

我也读书，就是记不住。认识的几位朋友，记忆力最好的是金庸先生和他。胡金铨兄的记忆力亦佳，可惜少写作，他记的都是与导演手法有关的东西。

但是记忆力好不好是一回事，先要看肯不肯听别人说故事。有些人只是说，从来不听，一辈子说不出一个好故事。

***

《蒲松龄全集》第二册中收集了数百首诗词，老人家写的很多是感叹考不上、生病等痛苦，著作不单是鬼狐。

凡·高一生也只卖过一幅画，但他有一个弟弟，可以写信向他抒情。蒲松龄借诗词记载，两个人的共同点是创作不间断。

时下的许多年轻人，愤世嫉俗，自怨自艾，只动口不动手，什么都没有留下来，又能怪谁呢？

蒲松龄在一六九二年写的《哭兄》，因家兄亦去世，读之有感。

昔日我归家，解装见兄来。今日我归家，寂寂见空斋。谓不知我至，惆怅自疑猜。或云逝不返，泪落湿黄埃。除夕话绵绵，灯昏剪为煤。可怜七情躯，一化如土灰！我今五十余，老病恒交催。视息能几时，而不从兄埋？人间有生乐，地下无死哀。死后能相聚，何必讳夜台！

有首《养猫词》，甚有趣，与其说是诗词，又像一篇小品：

一瓮容五斗，积此满瓮麦。儿女啼号未肯舂，留粜数百添官税。鼠夜来，鸣啾啾，翻盆倒盎，恍如聚族来谋。出手于衾，拍枕呵骂："我当刳你头！"鼠寂然伏听，似相耳语："渠无奈我何！"因复叫，争不休。猫在床头，首尾交互。鼠来驰骋，如驴驹驹。推置床下，爬梐依然弗顾。旋复跳登来，安眠如故。怒而挞之仍不悟，戛然摇尾穿窗去。

也不是每首诗词都带悲伤，蒲老描述闺中乐趣，亦甚形象：

长发频删,黑髭渐短。青帐里玉貌如花,红烛下秋波似剪。将檀郎数数偷睃,灵心暗转,别有弓腰猗旎,莲钩腻软。新妆近热粉香生,秃衿解小帏春暖。销魂处,秀顶微丰,略闻娇喘。

天下笑话，总括起来也不出那一两百个

过几天又要搬家了。第一件事，当然又弃书，每搬一次，总得丢掉四十个纸箱。

这次不能一本本扔了，这么淘汰只是少量，得一批批分开扔掉，才能达到目的。

可以丢的是笑话书。

这些年来买的外国笑话书占满书架，将这一部分删除，就轻松得多。

我没有把旧书卖掉的习惯，送人最佳，但也没那么多人想要。上次把电影书送给电影图书馆，这次的笑话，可以送给李力持。此君在专栏中一直讲笑话，可让他参考。

"我本来要买一本你的《荤笑话老头》，但看到书店中还在卖，要是抄了，不好意思。"李力持说。

一点关系也没有，照抄可也，我的笑话，也多数是抄来的。

抄呀抄，抄惯了，便会自创。

天下笑话，总括起来也不出那一两百个。讲的方式不同，演绎各趣，就那么变化起来而已。笑话书看多了，什么故事都听过，认为是新的，不过是从前说过后忘记罢了。

上千本的笑话集中，我只采用一小部分，发表后编成三四本，算是对得起原作者，其实原作者也不是原作者。

文章一大抄的例子，没有什么比抄笑话更明显的了，除了一些以方言来惹笑的，来来去去只有那几个。

归起类来，是天堂的笑话，三个愿望的笑话，医生和律师的笑话，三个不同国家的人的笑话，等等。

最好笑的笑话，莫过于笑自己的笑话。举个例子：自从《今夜不设防》这个节目出街之后，我去珠江三角洲，从下船直到酒店的路上，所遇之人，没有一个不认识我，大家都向我打招呼，大叫另一个人的名字。

畅销小说，好看就够

小朋友不懂英文，但爱看小说，我介绍了一本《一个艺妓的回忆录》。小朋友看完说："我并不感到有什么动人之处，但是一拿上手，就放不下了。"

这就是畅销小说的特点，看了不会得到什么好处，也没有特别令人思考的地方，总结来说，只有一句话："好看而已。"

走进书店，尤其是内地的图书中心，整个人傻了，千千万万的新书摆在你眼前，哪一本才好看？我们看书的目的当然是为了进修，但是枯燥乏味的理论毁灭读书乐趣。书，还是以好看为基本。

畅销小说、一部娱乐片，打打杀杀，或者爱得要生要死，看完就忘了，但是能打发寂寞，已经功德无量。

养成了阅读的习惯后，就会发现某一类的书满足不了你，可以选同样畅销，但意义较深长的《不能承受的生命之轻》，或者是《最后14堂星期二的课》，或狄更斯、简·奥斯汀等人的经典文学。出版的当年，这些书也是被所谓的学者耻笑的畅销小说。

《达·芬奇密码》也是我介绍给很多小朋友看的书。作者 Dan Brown（丹·布朗）之前还写了一本《天使与魔鬼》，出现同个主角罗伯特·兰登。

英文畅销书是一个宝藏，名作家还有专写动作的 Tom Clancy（汤姆·克兰西）、写法律内幕的 John Grisham（约翰·格里森姆）、写吸血僵尸的 Anne Rice（安妮·赖斯）、写悬疑的 Jeffrey Archer（杰弗里·阿切尔），等等，每人著作数十册。

这些作品都没全被翻译出来，台湾的出版社吃了一些甜头之后，会愈出愈多吧。阅读既然那么容易，翻译起来并非难事了，但是出版太慢，慢得急死人。

我小的时候看电影，很想知道原著对白的意思。怎么办？学英文呀！你们还年轻，从现在开始，一点也不迟。

如果不学，也只有等了。

心烦时，临摹《心经》吧

你心烦吗？

吃药没有用，看心理医生更烦。最好的解决方法，莫过于临摹《心经》。

什么？用毛笔？我已经几十年没抓过了。你说。

用什么笔都好，只要坐下来写就行，但是尽可能用毛笔，就算你已生疏了很久，也不要紧。有种写经纸，让你铺在《心经》的原文上面，你只要抓着毛笔，一笔一笔临摹好了。

写多了，就可以把原文丢掉，用自己的字体去抄。

至于毛笔怎么抓，当今已有一套理论，推翻了从前老师的死教条，你要怎么抓就怎么抓，随你便，没有规定的姿势，你自己觉得舒服就是，这么一说，放心了许多吧？《心经》的真髓在于"心"，先放下。

如果你已经克服了抓毛笔的心理障碍，但又不想照日本人的方法去临摹，试试我近来写经的过程吧。

要照什么人写的来写呢？当然是我们最敬仰的高僧弘一法师的书

法了。有些人也许认为他的字造作，故意写成叫什么"和尚字"的，但我并不认为如此。弘一法师未出家之前临摹魏碑，功底很深，又学过宋人黄庭坚的字，写出来的更是潇洒。当了和尚之后选择的字体，只不过是像他学佛一样严谨，一笔一画都恭恭敬敬，这是他一丝不苟地写出来的成果。

所以要临摹《心经》，最好是用弘一法师的字去练。

但是弘一法师写过的《心经》原稿不知在何方，复制的印刷品中，字体很小，看不出用笔，只得一个形罢了，但照此临摹之，亦无妨。

我较苛刻，从弘一法师写过的各种大字经文，和一些嘉言集联中，一个字一个字影印出来放大或缩小，集字贴在一张纸上，整个过程令我想起集王羲之的《圣教序》。

好了，弘一法师写的《心经》，每行十个字，一共有二十六行，加上《般若波罗密多心经》的题目，是二十七行。

临摹弘一法师《心经》，我起初计算每行字数，以及有多少行，然后再用红笔画格子，过程甚为繁复，未书《心经》之前，已气馁。

有一天，到上环的"文联庄"去，看到有一张给人铺在纸下面的薄棉被，竟然印"写经用"三个字。原来格子已被打好，每行十格，一共有三十七行，让书经者在前后有空位题字或书经日期，以及回向给谁，等等。我只要用一张普通大小的宣纸，将它折半，切开，铺在这张画了格子的被单上，就能即刻临摹了。

《心经》版本,很多人都将最基本的"般若波罗密多"中的"密"字,写为"蜜"。一看字形,联想至"虫",或者"糖"来,对原文甚为不敬。既然这只是梵语的音译,为什么不作"密"呢?有神秘、保密的字义,是更贴切的,非常同意弘一法师的用法。

也有人批评弘一法师所写的《心经》,在字体上没有什么变化。临摹多了才知道每一个同样的字都各异。但是,这已是小节,变化与否,不要紧。有变化亦可,无变化亦可。最能解释得清楚的,莫过于弘一法师自己说的:"朽人写字时,于常人所注意之字画、笔法、笔力、种类,乃至某碑、某帖之源,皆一致摒除,决不用心揣摩,故朽人所写之字,应作一张图案视之,即可矣。"

我们在还没有功力将书法写成一幅图案之前,先不必管重复不重复,尽量去临摹即行,如果再那么用心良苦,又是心烦的问题了。

一放开,临摹弘一法师的书法也行,临摹日本老和尚的字也行。篆、隶、草、行、楷,都不要紧了。

当然,在中国书法家的《心经》中,我们还是可以学到许多字体上的变化。《集字圣教序》后面,怀仁和尚同时集了王羲之写的《心经》行书,也是十分珍贵,非常值得临摹的作品。于贞观九年(635年)再将书法家欧阳询的字集起来刻成的楷书《心经》,也是典范。

清末刘墉的行书《心经》写得随意,邓石如写的篆书《心经》,也是我临摹的对象。

全文二百六十字的《心经》，内容你看得懂与否，也并不重要，只要念念、抄抄，心自然清了。

日本人的习惯，将《心经》分为十七八字一行，一共十六行，他们的写经纸也大多数用这种规格去订，如果有兴趣买来用用亦无妨。书完《心经》，已知心无挂碍了，没有什么中国人和日本人的分别，大家都抄同一种《心经》，格式相异，又如何？

等到把抄经的基础打好，就可以玩了。

怎么一个玩法？

在扇面上写"涅槃"两个大字呀！要不然，在横匾上写写"三藐三菩提"，亦甚飘逸。

但是，抄《心经》的最大好处，是在家人和朋友有病难，自己感到无奈时，写来回向给他们，这是真正的"以表心意"了。

中国诗和中国画

中国诗歌有多种形式。一种常见的叫绝句。它是一个四行诗，一组四行。第一、二、四行以押韵结尾，例如：

横看成岭侧成峰，
远近高低各不同。
不识庐山真面目，
只缘身在此山中。

还有一个是这样的：

终日昏昏醉梦间，
忽闻春尽强登山。
因过竹院逢僧话，
又得浮生半日闲。

这首诗也可以反过来读：

又得浮生半日闲，

因过竹院逢僧话。

忽闻春尽强登山，

终日昏昏醉梦间。

还有一种禅诗的第一句和最后一句相同：

庐山烟雨浙江潮，

未到千般恨不消。

到得还来别无事，

庐山烟雨浙江潮。

***

　　中国画从来就不是写实的。它们是写意的，题材总是一样的。同样的山，同样的树，同样的河流，它们可能相当乏味。总是画在一个垂直长方框里，很少是正方形，也很少横的。重点是练习用不同的方式画每一个物体，并记住它们。当你创作一幅画时，你会根据你的想象，把它们都放在一个方框里。这并不取决于你如何用眼睛去看它们，而是取决于你如何在脑海中想象它们。在顶部总有一片空白，让你的想象力尽情驰骋，这是你走向无限的旅程的起点。

好，让我们走进一幅中国画。首先，你看到一条河，然后有一条船。有两个人影刚上岸。一个是书生，也就是你自己，另一个是替你背包袱的书童。

人物非常小，只是为了显示山有多高，森林有多深。当你爬上山路时，你会欣赏每棵树的不同之处。

树叶的颜色告诉你，画里的季节。当你继续登山，会看到瀑布。看到流水凉爽而清澈，你坐在一块岩石上休息。无须吩咐，书童就拿出一个小火炉、一些木炭和一个陶罐准备泡茶。喝了几杯之后，你又开始了你的旅程。

也许沿路有一幢大宅，可能是一幢满是漂亮女人的房子。你被她们逗乐了。对像你这样的书生来说，跟学音乐、诗歌和舞蹈的女士们在一起是多么愉快啊。酒后微醺，你已经到达山顶。

在云海中，你看到一只巨大的丹顶鹤。你骑着它，飞向无限。

装裱本身,已是一门很深奥的艺术

要是居住空间的楼顶高的话,挂一两幅中国字画,是件非常清雅的事。

"条幅",又叫"中堂"。最普通的是,单独地悬于墙上,内容可能是山水花卉,或是一首诗词,接着是两幅长条"对联",或是横着,写上什么什么斋的"横批"。

向人家要了一幅字画,欢天喜地地拿去裱,一不小心遇到一个俗气的师傅,就会把整张字画的构图破坏掉。所以装裱本身,已是一门很深奥的艺术。

古时候的藏家常有一位裱画的朋友,请他在家中工作。常人以为这是怕字画被人换成赝品,其实字画看得多的人心胸已经豁达,不会往坏处想,他们只是惜画如命,不舍得离开它们罢了。

还有一个荒谬的传闻,是裱画人会将字画的底层剥去,一卖二,但是事实上这是不可能的。即使画家用的纸是双层的夹宣,拆出的第二层和原画也绝对不同。

获得字画，就算不装裱的话，至少也要"托底"，又称"裱背"，那是把另一层或数层纸用糨糊贴在字画的背面，要不然原作便容易损坏。字画一经裱过，神采飞扬，跃然生动，收锦上添花之效。古人说："装潢者，书画之司命也。"

为了怕尘埃，现代人常把书画入镜，有些人还用了会反光的玻璃。这是我很反对的，觉得字画一入镜，便像把奇珍异兽关入笼子，很残忍。

字画应该挂着来看才有生命，好的作品，每次看都看出新东西来，次者观久了必然生厌，淘汰去也。

数年前得弘一法师的四幅画，画着三个不知名的和尚和一个拾得。李叔同的字已难得，画更稀少。珍之，珍之。但怎么装裱呢？大费脑筋。结果找到"湛然轩"的冯一峰，和他商量后裱成各自独立，但拼在一起又成一幅的四条屏，在第二、第三幅上各加一条"惊燕"，构图完美。

惊燕是由画的天杆上挂下来的两条绢条，源自中国。它随风飘逸，增加了画本身的动态，是我喜爱的。

请冯一峰为我裱画的好处是这位仁兄对传统的装潢已下过功夫，可以再跳出来独创一格地裱画。先师冯康侯赠我一副对联："发上等愿结中等缘享下等福，择高处坐就平处立向宽处行。"

当年，我不知道怎么裱，冯老师说："何必拘泥？有时把对联裱在一起，成一幅中堂也行呀！"经老人家一语道破，我裱画有时也不依传统，冯一峰的裱装，甚合我意。

比方说，传统上字画的边多用黄色的锦绢来裱，我要求用宝蓝色，大家都说："呀！这是死人颜色，怎么可以裱画？"但我一意孤行，裱出来以后衬着浅黄的墙，不同就是不同，很有味道。

冯一峰有理论更深一层，他说："怎么不能？有时我还用西装料子来裱呢！"

思想一奔放，麻、呢、绒等布料，只要不是太厚，都能裱画。冯一峰家里是做纺织业的，学了裱画之后他很努力地去研究布料的质地，依纤维的组织，大胆地用各种布料装潢，自然生趣。

可惜，被我裱过的那四幅弘一法师的作品，我并不满意。原因是它们往外翘。当然，这与香港潮湿的天气有关，但自古以来，中国字画的装潢，都有这种毛病。有时，我只好请师傅把字画裱成往内曲，这总比向外翘好得多。

冯一峰知道了之后把画拿回去重裱，近来他得到了思达集团的赞助，经多年研究之后以科学方法结合传统经验，制成一种叫"善灵液"的辅助液，随天气的变化，也能将字画的曲度保持在正负一厘米之内。

重裱过的四幅现在悬挂在我办公室墙上，不必用渔线箍住，也平直得赏心悦目。

有时得一古画，已发霉，遭水渍、虫蛀，裱绢又裂破和翘曲，这种情形之下多数拿去重裱，拿回来时焕然一新，格格不入，甚为心痛。用回原来的丝绢装过，兼清洗裱件的灰黄，照原样修复也是冯一峰的看家本领。

字画下面，我爱看"轴杆"者。所谓"轴杆"就是末端的那根横木，有人喜用象牙，这不环保。而用牛角，古人说会生虫，冯一峰发现这种例子倒是少有的。也有人用酸枝或紫檀，我认为最好是用檀香木，至少可以防蛀虫。发起疯来向冯一峰建议："不如用塑胶筒，里面装防潮珠，岂不更妙？"他听了笑着说方法可行。

冯一峰送过我他写的一幅字，裱工精彩绝伦，但是我嫌有点喧宾夺主，这可能是因为他还年轻吧。冯君不到四十，等他心境如水时，或有另一境界。

裱画有时可以以清一色的一幅锦绢装潢，用的是裱扇面的"挖嵌"法，粤人称之为"挖斗"，即是把画心裱入锦绢之内，这也很大方得体的。

有趣的是，古人裱画，有时用的材料竟然是粽子。把粽肉擂烂后加豆粉和石灰，粘起来不易拆开，但是依冯一峰，裱画不能太过坚固，否则今后要重裱，便成死物，这也是有道理的。

冯一峰说："最滑稽的是有人还以为墨一遇到水就溶化了，在一部电影中男主角那封重要的信，竟然被雨水淋得面目全非。裱画的基本就是浸水和上浆，如果墨遇水即溶，那我们这行就不必干了。"

匪夷所思的构想

幻想小说家星新一常有匪夷所思的构想,在他那篇《手纸》里就可窥一斑。

"手纸",日语是"信"的意思。话说有一个青年,游手好闲,不知以后要做些什么才好。

忽然,他伸手进口袋,找到一封信,叫他去考一所出名的大学。这封信不知道是谁写的,也不知道什么时候在他口袋中出现,但他终于跟着它的指示去做了。

果然,大学是出乎意料考上了。接着口袋中又有一封信,叫他去大公司见工,又即刻就职。

他的工作做得很好,步步青云。这时,口袋中的信叫他去追求一个名门淑女,他做梦也想不到她会嫁给了他,两人幸福地过活。

信又告诉他快点辞去这份工作,接下一个快要倒闭的工厂。不管他太太怎么反对,他照做了。几年来一直不死不活地忍下去,但他很有信心地继续努力。

结果，给他干得有声有色，一转眼成为成功的企业家。

为了工作要去外国旅行，口袋的信又出现，叫他改期，隔天才知道飞机出了事。

信的最后一次出现，是要他参加政治。他依然信，从区议员做起，他不断地上升，现在，他是一个掌握国家机要的高官了。

习惯性地摸摸口袋，可是一点动静也没有，他在大厅中漫步，无聊得很，他不知道下一步要怎么做好。

忽然，办公室里出现了一个青年，一句话也不说，就掏出一支手枪来。

"但是，"他惊奇地问，"我和你前世无冤今世无仇，你为什么要杀我？请你讲给我听，让我死得瞑目。"

青年说："我小时是一个很正常的儿童。一天，我偷了一辆脚踏车之后，发现了强烈的满足感。后来，我变本加厉地抢东西，而且打伤过人，自此之后，更是越来越得意。我也不知道自己为什么要做这些事，只是照做罢了，因为每次我都在口袋中发现有一封信。"

***

星新一写的故事结构非常奇妙，日本人称这些人为"异色作家"，又试译他的另一篇短篇，叫《女难的季节》：

青年今天又是早上六点钟起床，他做了操，穿好西装，准备赶电车去上班。

工作，对他来讲是种乐趣，这当然有原因的。他步步高升，老板又要把女儿嫁给他，他以后便会成为这个机构的主人了。

刚要出去，门铃响了，打开门一看，是个漂亮的少女，泪汪汪地对着他说："你为什么不来找我？我等你等得好苦。"

青年根本就不认识她，但是少女对他的身世却知道得一清二楚，说他们是青梅竹马，有天晚上他还和她睡过觉，而且答应过要娶她的。是不是那晚送她回来时给的士撞了一下，失去记忆力？

她能把每一个细节都形容出来，楚楚可怜得不像在讲假话。但青年绝对没有做过这些事，认定她的头脑一定有问题，好歹把少女打发走了，赶出门去。到了公司，他还是对刚才的事感到迷惑，秘书说有客人来找他。会客室里坐着一个中年女人，一见面就向他说她和少女同住在一间房，指责青年不应该抛弃她。

"不过，我的确不认识你们两个人。"青年说，中年妇人叹了一口气走了。

回家，少女又在门口等他。后来那中年女人又来了，好言相劝青年重新考虑。

青年越来越困扰。和老板女儿约会的时候，好像看到那少女在监视着他，结果弄得魂不附体。渐渐地，青年的工作效率低了。那少女还主动献身给他,她一切无所求,只希望他给她一点点的爱,她的感情是假不了的。他去看公司的医生,以为自己患了精神衰弱,医生答应为他调查一切,结果证明少女没有骗他。青年终于失去信心,要求公司派他出国。

老板的家里,老板娘把礼金送给少女、中年女人和医生,然后拿出照片和资料说:"公司那个人意志不够坚强,做不了我的女婿。现在又有一个新的人选,请你们再去试试。"

寂听的名言

"我看不懂日文,请你把寂听的名言翻来听听。"有位团友要求。

试译如是:"爱有两种姿态:渴爱和慈悲。想独占对方,又嫉妒又执着的是渴爱。慈悲是没有要求回报的爱,没有条件的爱。释迦叫人别爱,是要人戒渴爱。"

"旅行和爱,有相似的地方。喜欢旅行的人,都是诗人。"

"旅行和死,又有相通之处,出门后不回来,是诗人才能了解的情怀。"

"孤独又寂寞时,旅行去吧!旅行能把寂寞的心灵和疲倦的身躯轻轻抱起。"

"在不同环境下、不同心情之中,我们有交友的缘分,这是天赐给我们的,旅行去吧!"

"今天是一个好日子,明天也是一个好日子。一起身就那么想好了。"

"一旦有什么不愉快的事发生了,就说:咦,弄错了吧?"

"这么想就对了,开朗的人,不幸的事是不会发生在你身边的。"

"穿华丽的衣服能够让你心情开朗,穿灰暗的衣服心情就沉了下来。"

"所以我越来越爱漂亮的颜色,偶尔也施点脂粉,这并不犯戒。"

"近来的年轻人知道过新年送礼物,过情人节又送礼物;他们不知道有布施这回事。"

"布施,是送给佛的礼物。"

"我年纪越大,越感觉到自己身上的血就是父亲的血留下来的。我倒酒给别人喝的时候,瓶口和杯子的角度、距离和手势,和父亲的像得不得了,令我想到在父亲生前,为什么不对他好一点。"

"任何悲哀和苦难,岁月必能疗伤,所以有'日子是草药'这句古话,只有时间,是绝对的妙药。"

"抄经和读经,不是一张进入幸福的门票。不期待回报的写经,才是一种真正的信仰。"

*蔡澜谈读书

"小品"源自佛家用语,指大部佛经的简略版本,后人用来称一般短小的文章,但字数少的并不是小品文,小品文的精神特征是感情的真挚与深刻。在苦闷和枯燥的生活中,不妨多读明朝小品。

★★★

读书,是为了做学问。愚蠢的老师教,当然可以不去听他,但是遇到好的教师,他会指点你一条路去走。遇不遇到好老师,完全是缘分,和遇不遇到好的男朋友或遇不遇到好的父母,完全是一样的,不受控制的,什么人都不能怨。

★★★

我认为会走路的人就会跳舞,会举笔的人就会写文章。不过跳舞的话,舞步总得学,写作也要练习。光讲,是没有用的;为了发表而写,层次总是低一点。不写也得看,眼高手低不要紧,至少好过连眼都不高。半桶水也不要紧,好过没有水。

★★★

很惭愧,被现代年轻人捧上天的日本作家村上春树的书,我之前一本也没有看过。

有时候和外国文学青年谈东方的书，他们也常大喊Haruki、Haruki（"春树"的日语发音），以为春树是姓，不会叫出Murakami（"村上"的日语发音）来。

中国台湾读者更是对这位作家情有独钟，他的新书一出往往即刻登上畅销榜，作品至今已翻译了42本。1987年出版的《挪威的森林》，在日本卖了700万册，奠定村上不堕的声誉，当年买了这本书，放在架上，一直到现在生病，才肯拿下来翻翻，一口气看完。

故事发生在东京和京都的一个疗养院，与欧洲一点关系也没有，书名只是男女主角常听的一首轻古典音乐名字。

和许多刚出道的作者一样，最初出版的书，都可以看出自传性的影子。当然，读者知道，是把真实加上虚构罢了。

这些年轻作者，古典文学根基不强，都以看了《麦田捕手》（即《麦田里的守望者》）为傲。村上更受美国的菲茨杰拉德的影响，书中不断提到他的《了不起的盖茨比》。菲茨杰拉德的作品不多，如果是海明威，也许更有深度。菲茨杰拉德在严肃文学中并不伟大，流行小说里，已觉老土。

当然，性爱的描写在1987年可以说是大胆。

故事松散，并不完整，也没有结局。女主角患有精神病，若要看同类的角色,德国雷马克的小说更为可观。

没性爱的话,看亦舒小说好了。要看生动有趣,或者讲忧郁的,看老一辈的日本作家森鸥外、川端康成、谷崎润一郎、佐藤春夫和太宰治等人的作品,才真正算得上一本小说。村上的,一本都嫌多了。

散散步，看看花，是免费的

如果养宠物，就养乌龟

生活水准提高，大都市的人开始有余裕送花，花店开得通街皆是。跟着来的流行玩意儿便是宠物！

猫狗的确惹人欢喜，深一层研究，也许是城市人都寂寞吧。

狗听话，养狗的主人多数和狗的个性有点接近：顺从、温和、合群。

我对狗没有什么好印象。小时候家里养的长毛狗，有一天发起癫来，咬了我奶奶一口。从此我就讨厌狗，唯一能接受的是《花生漫画》里的史努比，它已经不是一条狗，是位多年的好友。

在邵氏工作的年代，宿舍对面住的傅声爱养斗牛犬（Bull Terrier），真的没有看过比它们更难看的东西。

另外一位女明星爱养北京狮子狗（即京巴），它们的脸又扁又平，下颌的牙齿突出，哪像狮子？为什么要美名为"狮子狗"？

旺角太平道上有家动物诊所，走过时看见女主人面色忧郁，心情沉重地抱着京巴待诊，我心想：要是你的父母亲患病，你是否同样担心？

楼下有个西人在庭院中养了一只狼狗，它日也吠夜也吠，而且叫声一点也不雄壮，见鬼般地哀鸣。有一晚我实在忍不住，教训了它一下，它大叫三声，从此没那么吵了。

在巴黎、巴塞罗那散步，满街都是狗屎。但是，有时看到一个老人牵着一条狗的背影，也就了解和原谅它们的污秽。

"你再也不讨厌狗了吧？"朋友问，"它们到底是人类最好的朋友。"

我摇摇头："还是讨厌，爱的，只是黑白威士忌招牌上的那两只。"

猫倒是可爱的。

主要是它们独立自由奔放的个性。

猫不大理睬它们的主人，好像主人是它养的。

回到家里，猫不像狗那样摇头摆尾前来欢迎。叫猫前来，它走开。等到放弃命令，它却走过来依偎在脚边，表示知道你的存在，即刻心软，爱得它要生要死。

猫瞪大了眼睛看你，仔细观察它的瞳孔，千变万化，令人想大叫："你想些什么？你想些什么？"

在拍一部猫的电影的过程中，和猫混得很熟，有时猫闷了，找我玩，我就抓着它的脚，用支铅笔的橡胶擦头轻轻地敲着它的脚板底，很奇怪的，它的脚趾便慢慢张开五趾上粉红色的肉，打开之后，像一朵梅花。

要叫猫演戏是天下最难的事。

逐渐发现猫喜欢吃一种用药菜种子磨出来的粉,在日本有出售,叫 Mata-Tabi（木天蓼）,猫吃后像是醉酒,又像抽了大麻,飘飘欲仙。

拍完一个镜头,给猫吃一点当为报酬,但不能给它们多吃,多吃会上瘾。

不过我还是不赞成养猫狗。

并非我不爱,只觉得不公平,猫狗与人类的寿命差别太远,我们一旦付出感情,它们比我们早死总是悲哀得不能自已,我不想再有这种经验。

小孩子养宠物,增加他们的爱心,是件好事,但一定要清清楚楚地告诉他们,教他们认识死亡,否则他们的心灵受的损伤难以弥补。

如果一定要养宠物的话,就养乌龟。

乌龟比人长命。

朋友从前在金鱼档里买了一对巴西乌龟,像两个铜板,以为巴西种不会长大,养了几十年,竟成手掌般大小,而且尾部还长着长长的绿毛。

移民之前,朋友把家里所有东西打包,货运寄出,看见这两只乌龟,不知怎么办才好。

"照道理,把它们放在手提行李包里,坐十几个小时飞机,也不会死的。"他说,"但是移民局查到就麻烦,而且万一乌龟有什么三长两短,心里也不好过。"

旁边人打趣:"不如用淮山杞子把它们炖了,最好加几条冬虫草。"

朋友走进房间找了把武士刀要来斩人。

大家笑着避开。

最后决定,由其儿子收留。

"每天要用鲜虾喂它们。"朋友叮咛。

"冷冻的行不行?"朋友的儿子问。

"你这衰仔(粤语词汇,常用来骂自家孩子),几两虾又要多少钱?它们又能吃得了多少?"

朋友说完,又回房找武士刀。

"衰仔"落荒而逃。

把猫当主人，它才可爱

弟弟家里三十多只猫，每一只都能叫出名字来，这不奇怪，天天看嘛。我家没养猫，但也能看猫相，盖一生人皆爱观察猫也。

猫的可爱与否，皆看其头，头大者，必让人喜欢；头小者，多讨人厌。

又，猫晚上比白天好看，因其瞳孔放大，白昼则成尖，有如怪眼，令人生畏。

眼睛为灵魂之窗，与人相同。猫瞪大了眼看你，好像知道你在想些什么，但我们绝对不知猫在想些什么，这也是可爱相。

胖猫又比瘦猫好看。前者贪吃，致发胖；后者多劳碌命，多吃不饱，或患厌食症。猫肥了因懒惰，懒洋洋的猫，虽迟钝，但也有福相；瘦猫较为灵活，但爱猫者非为其好动而喜之，否则养猴可也。

惹人爱的猫，也因个性。有些肯亲近人，有些你养它一辈子也不理你。并非家猫才驯服，野猫与你有起缘来，你走到哪里它跟到哪里，不因食。

猫有种种表情，喜怒哀乐，皆可察之。喜时嘴角往上翘，怒了瞪起三角眼。哀子之猫，仰天长啸；欢乐的猫，追自己的尾巴。

猫最可爱时，是当它眯上眼睛，眯与闭不同，眼睛成一条线。

要令到猫眯眼，很容易，将它下颌逆毛而搔，必眯眼。

不然整只抱起来翻背，让它露出肚皮，再轻轻抚摸肚上之毛，这时它舒服得四脚朝天，动也不动，任君摆布。

不管是恶猫或善猫，小的时候总是美丽的，那是因为它的眼睛大得可怜，令人爱不释手。也许这是生存之道，否则一生数胎，一定被人拿去送掉。

要看可爱的猫，必守黄金教条，那是它为主人，否则任何猫，皆不可爱。

***

弟弟的猫，样子并不十分可爱，而且杂种居多，和街边的野猫没什么两样。

为什么会有这种结果？那三十只猫怎么就停留在了三十只，不再加多了？

原来，有些马来朋友很爱猫，常来讨几只回家养，他们把样子好看的都弄走了，剩下来的只有弟弟和他太太觉得不错而已。

马来人不喜欢狗，猫是最普遍的宠物，他们甚至把一座城市的名字也以猫称之，叫为古晋。古晋人立了一只很大的白猫当城市的标识。原来爱猫之人，他们自己成立一个猫国，只要是喜欢猫的话，都可以成为国民。

有些朋友很怕猫，认为它们很邪恶，还是养狗好，狗对主人很忠实。我不喜欢狗的原因，是它们生得一副奴才相，整天伸舌头喊热热热，哼哼哈哈，没有猫的高贵。

猫的好处在于它是主人，你是奴隶。它要和你亲热时才来依偎你。不高兴起来，不瞅不睬，从来没把你放在眼里。

那三十只猫，弟弟一只只认出它们，都是因为每一只都有自己的个性。也并非每只都高高在上，有些很怕事，生活范围限于房内，从来不敢走出房门一步。

也有一只相当蠢，养得肥肥胖胖，整天躺在你的脚下扮地毯给你踩。要是家父还在的话就最喜欢这种猫，双脚踩在它身上，当然不是真正用力。猫儿舒服，觉得你在为它按摩，立场完全不同。

长大的猫，样子也许很凶，那是它们用眼睛直瞪你而给人留下的印象，小猫则永远可爱和调皮。

我们年纪大了，有时会看人，尤其是年轻人，可从眼神看到他们在想些什么。但是猫，永远看不懂，这是猫最神秘和可爱的地方。

逛花市，总有乐趣

在花墟，何太太和陈宝珠小姐问我："你最喜欢哪种花？"

"牡丹。"我毫不犹豫。

当今的牡丹，都由荷兰运来，很大朵。粉红色的最普遍，也有鲜红的。

曾经一度在花墟看不到牡丹了。

"太贵。"花店老板说，"又不堪摆，两三天都开尽了，没人来买就那么白白浪费。"

人各有志，嗜好不同。我觉得花五块十块买六合彩也很贵，马季中下下注更是乱花钱，打游戏机打个一百两百，非我所好也。

一般买了五朵，当晚就怒放，粉红色的开得最快，能摆个两三天已经算好。但最懊恼的是其中两个花蕾一点动静也没有。我们南洋人称之为"鲁古"，已成为白痴的意思。

何太太和陈宝珠小姐买了一束，分手时送了给我，受宠若惊。她们选的是深红色的，近于紫的新品种，非常罕见。价钱比粉红色的还要贵。

回到家插进备前烧的花瓶中，当晚开了三朵，花瓣像丝绒，美不胜收。而且，到了半夜，发出一阵阵的幽香。

第二天，第三天，其他的那两个花蕾保持原状，是否又是鲁古了？

跑去花店询问，老板一向沉默寡言，伸出两指。

是过两天一定开的意思吧。到第四天开了一朵，第五天再开一朵，盛放的那前三朵已经凋谢，花瓣落满地板，不规则地，像抽象画，另一番美态。

临走时还记得花店老板的叮咛：把干剪掉一点。照办，果然见效，牡丹还有一个特点：别的花，插在水里，浸后枝干发出异味，只有牡丹是例外，百多块钱换来近一星期的欢乐，谁说贵了？请大家快点帮衬，不然花店不进口，我们又要寂寞了。

***

我很顽固地只爱牡丹。不过季节短，也罕见。其他时间，我很喜欢白兰，姜花一样。玫瑰是次次选。终年出现的玫瑰，等到其他花不见时，才会找它。

菊花则只供先人。

百合最讨厌，发出来的那股俗不可耐的味道，如闻腐尸。从来不觉百合美丽，不管它以什么形态或颜色出现。

到了夏天，我爱莲。牵牛花也不错，名字太怪，还是称之为"朝颜"好。

至于兰，太热带了，像天气一样单调地不变化也不凋谢。不凋谢的花没有病态，太健康了并非我所好也。

环保人士反对把花剪下来插入花瓶，我倒没有这种罪恶感，花不折也垂死，将它们的生命最灿烂的那一刻贡献给爱花人，有什么不好？

家中花瓶大大小小数十个，巨大方形玻璃的用来置向日葵，中的插牡丹或姜花，小的留给茉莉。

买姜花时，老太太常用刀把茎切一个"十"字，令吸水力更强。这做法很有道理，延得多长，全靠它。除了"十"字，有另外种种方法：一、削皮式，把茎部表皮切口，抓住，往上撕；二、干脆在水中折断，也简单了当；三、斜切；四、用钻槌把茎底敲烂；五、燃烧法，用喷火器把茎底烧成炭——别以为这种方法太剧烈或太残忍，烧过切口的导管会更急地吸收水分，而且活性炭会隔掉水中的杂质。

用的水也有几种，我家过滤器的水不只用来自己喝，也分给花享用，两种水一比较，我知道它的功力。冬天用温水浸花也是办法，有时还可以加一点酒精。

植物切口处会流出树液、油脂等，令水污染，对付它，只有请花喝酒。

来，干一杯吧。

住在风铃里

天气冷的时候，就想起夏天。

代表暑日的是风铃。

风铃由中国人发明，日本人更喜欢这个闲情的玩意儿。就算狭小的住处，总要在屋檐下挂上一个。

辞书上，风铃出自风铎。铎者，大铃之意。风铎多数是挂在寺庙外。一休和尚在他写的《狂云集》里有首以风铃为题的诗，描述老和尚在午睡，被风铃吵醒。

十八世纪的文物中也曾记载小贩们在担架上缚着风铃叫卖面食的场景，这种面食被称为"风铃面"。可见风铃是平民的玩物，并非一般士大夫专有。

印象极深的，黑泽明利用风铃表现人物心中的杂乱。在《红胡子》里，镜头推到一摊风铃档，几百个风铃一起响声大作，震撼力极强。

风铃的形态很多，最普通的是铜钟，里面的铁片挂着一个长方形纸条，纸条上用毛笔写上俳句，我喜爱的一首是："她，是不是一个住在风铃里的女人。"

当成艺术，杀价就是一种乐趣

"一斤多少钱？"

"五块。"

"什么？那么贵？两块行不行……四块吧……四块半！"

"好，卖给你。"

"加一根葱。"

这不是杀价，这是买菜，有大把时间，可以慢慢磨，毫无艺术可言。

大家都讨厌被别人占便宜，只要价钱合理，一定成交。但是对方拒绝老老实实出价，唯有和他们周旋。

如果一开口就买下，商人虽然乐于赚一笔钱，但对于你这个有钱人，也没好感。在土耳其的一个街市中，我就听到店里的人说："谈价钱是我们生活的一部分，你减我的价，表示你肯和我做生意，是对我的尊敬。"

所以，就算多么嫌烦，也需要杀价。久而久之，变成一门艺术。

当成艺术，杀价已是乐趣。

很久之前，我在贝鲁特的酒店商场注意到一张波斯地毯，前面是白色，中间见到是大红色，过后回头又是粉红色，深深把我吸引。

店主的眼睛一亮，从店里出来把我抓住，是神是鬼，先敬我一句："这位先生真是有眼光！"

好东西，绝对不便宜，我并没那么多闲钱可花，便开始转身。

"给我一分钟时间。"对方恳求，"出一个价。"

"我以为出价的应该是你！"我说。

"好，一万八千美金。"

掉头就走。

"这是一件国宝呀，那么精细的手工，还能到哪里去找？你嫌贵，轮到你出一个价钱。"店主说。

我急于脱身："我看过更好的，如果你有货，拿出来。"

对方做出一个"你真是内行"的表情："好，你明天来，我一定送到你眼前。"

妙计得逞，我一溜烟跑掉！

翌日一早，刚下电梯，那厮已在大堂等待。

"货来了，请看一看。"

说什么也要看一眼吧。走进店里，果然是一张更大更薄的，的确难以找到这种精品。

"知道你识货,不再讨价还价,只加两千,算整数,两万美金好了。"他宣布。

我摇头:"你既然知道我识货,那就不怎样应该开这个价。好,我也不会讨价还价,你想一想,能减到什么最低的价钱。我现在出去吃饭,回来后告诉我。"

他只好让我走。商店一般只开到下午六点,再迟也是八九点,我十一时才返回酒店,他还笑嘻嘻地等在那里:"为了表示我的诚意,我减一半,一万美金。说什么也不能再低了,大家不必浪费时间。"

织一张那么好的地毯,最少半年,三个人忙碌,一个月算工资一千美金,三乘六等于一万八,丝绸本钱不算在里面,也是一个公道的价钱。我在其他地方看到一张只有三分之一大的,也要卖五千,五乘三,一万五。而且这种工艺品像钻石,不是一倍一倍算的。

店主看我考虑了那么久,说道:"再出个价吧,再出个价吧。"

杀价的艺术,是永远不能出个价。一出价,马上露出马脚。

"九千美金,"他有点生气,"不买拉倒。"

"拉倒就拉倒。"我也把心一横。

"这样吧,"他引诱道,"你把你心目中的价钱写在纸上,我也把我的写在纸上,大家对一对,就取中间那个数目好不好?"

这是个陷阱,但是一个好的陷阱,也是他最后一招,但我总不能写一块钱呀。

什么艺术不艺术,如果你真的想要买这件东西,老早已经崩溃。如果你觉得一切是身外物,美好的东西在博物馆总可以看得到,又不是非要拥有,那你就有恃无恐了。

"最后的价钱,"我说,"两千美金。"

成交,他伸出手让我握。为了遮掩他一开始的时候出那么高的价位,他说:"开始打仗了,三个月没成交过,能有多少现金是多少。你拿回去,卖给地毯商,也能赚钱。"

我感谢他的好意,心里面想:"这张东西,也许本钱只要一千块,当地人工,一个月几十美金。"

人,总是那么贪婪和不满足。

刚去过云南丽江,那里有许多手工艺品,太太们拼命地抢购。这里买到一件二十块的,隔几家,才卖八块,快点多买几件来平衡。像买股票一样,也是好笑。

我也想买几个做工精美的手提电话袋送人,但家家都卖同样的货物。我看到一位表情慈祥的老太太,勤劳地自己动手。走了进去,什么价钱已不是重要的事了!

成龙的半个紫檀师父

记者到成龙兄的办公室,看见很多紫檀家私,觉得惊讶,询问之下,成龙说蔡澜是老师,教他收集。

对所有事物的认识,我只是一知半解,我向他说过:"不过半桶水也,若称师,亦半个。"从此成龙兄叫我半个师父。

中国家具体现出浓郁的书卷气,尤其是明式的,更是简洁,隽永大方。所用木材不止于紫檀,还有花梨和酸枝。最重要的是,样子不俗气,才算是好东西。

紫檀又称紫榆,为常绿乔木,生长期可达三百年,高有三米以上,树干三十厘米直径罕见,做成家具,是极品。

生长于热带、印度群岛等地。印度紫檀会发出芬芳的气味,但花期短暂,故有一日之花的称呼,将木材剖开,会流出紫色液体。

横切紫檀,发现年轮极为细密难辨;纵剖紫檀,有牛毛状细纹。初期呈紫红色,时间一久,颜色渐转深沉,直到通体乌黑。

一般家具店的老板会教你辨别紫檀真伪的方法,那就是拿一团棉花,沾了酒精,在桌椅底部擦一擦,棉花变为紫色,就是真的。

这也能做假,紫檀家私只有底部那一块是真的。和当店的学徒一样,师傅教的,只是拿好东西来做比较。看得越多,受骗越多,那么自然而然,眼光就变尖锐了。

紫檀非常值钱,清末民初识货的欧洲人士,来到中国见到大量紫檀家具,都搬了回去,当今的明式桌椅,反而能在外国找到。如果收藏次货,不如到中外的博物馆学习欣赏。

爱上木头,发现天下树木数之不清,木纹漂亮的很多。有本参考资料由 Taschen(塔森出版社)出版,叫 *The Wood Book*(《木之书》),装在一个木箱中出售,是一本难得的书。

自己设计信笺,拿去印

和老友曾希邦讨论过自印信笺的问题,并互相设计了数种,结果都因俗事缠身而没有去做,但是想想也得到满足。

我们原则上同意用宣纸来印,图案绝对不能用化学颜料,因为它们不上墨,信笺便失去意义了。

信笺只有用木版水印来处理才行,只用黑白单色,一有七彩便抢眼了。

图案设计有三种。

第一,用明代徐渭的《墨葡萄图轴》。此轴的构图奇特,又写实又抽象,藤条错落低垂,枝叶纷披。印在信笺上把原画的浓墨浅淡之,依旧可以看出葡萄的层次。

信笺的一角,加上文长(即徐渭,字文长)那首脍炙人口的诗:

半生落魄已成翁,

独立书斋啸晚风。

笔底明珠无处卖,

闲抛闲掷野藤中。

第二，用明代沈周的《写意》。画庄周坐在地上看蝴蝶。此图最精彩的部分是作者题跋的书法。

庄生苦未化，

托此梦中蝶。

我画梦中梦，

浮世寓一霎。

第三，用元代赵子昂的《曝书逸趣》。书中人物郝隆，打开大肚皮躺在地上。是日为七月初七，人们忙于晒衣物时，彼向日仰于院中，人问："你在干什么？"

郝隆回答："我在晒肚中之书。"

信笺的右上角用淡墨印有吴让之（即吴熙载，清代篆刻家、书法家。1799—1870，今江苏扬州人。原名廷飏，字熙载，后改字让之）闲章，印文为："但愿无事常相见。"

这是数年前的构思，渐渐地，那些图案一点点地消失，印章也隐形了。

近来，只想要在宣纸上印着"某某用笺"这四个宋体字。

今天，也许只剩下一张白纸。

浅浅做学问，自得其乐

"精"字怎么来的？查字典，释义是：一、挑选过的白米；二、凡物的纯质；三、精液；四、精神、精力；五、传说中的精灵；六、明朗轻快亦曰精；七、用功深刻而专一……这个"精"字说的都是好东西。

有些解释字典上还没记录，像洗洁精，那时候并未发明。

食物本身是精，亦非常好吃，像河豚的精，日本人叫为"白子"，烧烤起来，是人间美味，用滚烫的清酒冲之，变成乳白色的饮品，绝无腥气，好喝得很。

食物加了精，更好吃了，任何难于咽下喉的东西，加大量味精，就精彩绝伦。有的四川人吃东西的时候，先来个小碗，舀汤进去，再加一大汤匙味精，什么东西都蘸它来吃。不爱味精的人听起来觉得很恐怖，但味精已成为这些四川人生活中不能缺少的了。

食物加了糖精，才能卖掉那么多。糖精愈吃愈甜，结果上了糖精瘾。南洋人在街边卖水果，一片片地摆在冰上，之前一定水洗过了。

那些水，就是糖精水了，怪不得那么好吃。台湾人喝绍兴酒一定加几颗话梅，他们不在绍兴也做得出绍兴酒。可想而知，非常难喝，但加了话梅，即能猛灌。喝的却是糖精水嘛，都要拜赐于用化学品做出来的精。

我们称赞小孩精明，本来是好事，但是太会做人，便变成了老人精，不天真了。

矮人多数古灵精怪，所以有"短小精悍"的成语出现。精悍不错，但短小……唉，始终有缺点。

大型百货公司卖的货物，普通得很，所以有精品店的出现，店里的东西都很有品位，但价钱昂贵。

来精品店买东西的人，有的不是太太，而是丈夫的情妇。此物最可爱，也有个精字，叫"狐狸精"。

***

喝酒的人，自然爱上酒杯。

自古以来，由青铜至琉璃杯子，多不胜数。"金瓯"是黄金的酒器，"玉樽"是玉制的杯子，"银瓶"为白银制造。还有只闻其名，不见其物的"夜光杯"呢？夜里能自然发光的，大概只有一个"波尔表"吧？

最雅致的应该是"荷叶杯"，摘下刚刚露出水面拢卷的新鲜荷叶，用玉簪从叶心到荷茎中扎一个孔，然后把酒注入，从茎底吸饮，风流之至。

不过一般酒徒注重的只是量。酒杯愈大愈好。名称各异，有觯、觚、觥、爵、角、斝、海、白等，哪一个是最大的呢？怎么大都不够，真正的酒徒，杯子是不能满足的，要从盛酒器的壶、卣、罍、盉、卮、罍、缶、罂、壚、瓺捧上来喝，才是最高境界。

最大的酒器应该是"瓮"，元代宫廷里有个黑玉酒瓮，直径四尺五寸、圆周一丈五尺、高二丈，能盛酒三十多石。

一石当今算来是多少？没有准确地量过，古时候的计量单位很抽象，春秋战国时代已有升、豆、区、釜、钟五种，一般以四升为一豆、五豆为一区、五区为一釜、十釜为一钟。以此算来，千钟合一百万升，等于一千立方公尺，而一立方公尺的水重量是一吨，古人说尧舜能喝千钟，那就是说他们能喝一千吨酒了。

刘伶说他一饮一斛，一斛等于十斗。孔子也能喝百觚。就算他的学生子路酒量不好，也喝十斛，比刘伶厉害。原来教我们做人的孔子也是酒徒，为什么还有人反对喝酒？

酒量大的人不少，谁最厉害？至今还未作一胜负，有的一下子鲸饮，有的一喝数十年，我们只管叫他们为酒仙、酒圣、醉龙、醉樵等，没有冠军。至于最过瘾的喝法，还是首推唐代的方明，他脱掉衣服跳进酒缸里，沐浴而出，是每一个饮者的美梦。

在南斯拉夫偷采苹果

木兰花盛开的季节又来临。

浓淡恰好,那股幽香令人难忘,是我最中意的花卉之一。

侯王道"张贵记"的大家姐知道我喜欢,送了我一盆。数着未开的花苞,那么小的一棵植物,至少有数十朵之多。

放在阳台上,每天勤快地浇水,它回报地按日微开三四朵给我,摘下放入衬衫的口袋,香一整天,比古龙水犹佳。

清晨散步,发现家附近也有一棵木兰,虽然没有香港大学门口的木兰树那么大,但花也开得像天上的星星之多。

没人采摘,花瓣如爪散开,便失去香味,落得满地,实在可惜。此树一半长在公寓的停车场,另一半伸出到街头。后者的低枝上,已不长花,前者则随手可拈,我决定趁没人看管进去偷之,做个名副其实的采花大盗。

忽然,冲出条黑狗,大吠几声,我见逃走也没用,便站直让它来咬。这条狗反而静了下来,在我的裤管上嗅了一下,我还以为它会提起后腿撒一泡尿,好在它闻后转头走开,再也不理我。

记得在南斯拉夫偷采苹果时的情景。当地人说只要自言自语地说三声"谢谢你",便采之无罪。照做,采了数朵。仔细观察,此树的花朵属于特大种,比家中的盆栽大一倍,味更浓郁。

台湾人勤劳,踩一脚踏车,车前放藤篮,把采到的木兰拿来贩卖,为什么我们不照做呢?香港的木兰巨树甚多,付些本钱给大树主人,采个千朵,用条很细的铁线将三四朵穿起来,上面打一个圈,刚好可以挂在胸前的纽扣上,每串卖个五块钱,亦为可观数字。说什么也比绞尽脑汁好,决定改行,学顽童爬树摘之,大盗变为正业,卖花去也。

*蔡澜谈闲情

有一种办法,叫作自得其乐。做学问呀!我所谓学问,并不深。种种花、养鸟、饲金鱼。简简单单的乐趣,都是学问。看你研究得深不深,热诚有多少。做到忘我的程度,一切烦恼就消失了。你已经躲进自己的世界,别人干扰不了你。

★★★

最能引起对篆刻的兴趣者,莫过于闲章。闲章有时二字、五字、七字到数十字不等,可能是绝句的一段,但比一首长诗更动人。加上闲章布局如画,更能表达诗意,深深地吸引住人,更代表了自叙的感情,对友人的思慕,还有无限的哲理。

★★★

收藏品是身外物,所以我不会刻意去搜集,手上的东西,如友好欣赏,便送给他收藏,无论自己收藏品多么贵重,大都比不上博物馆内的珍藏。用来消磨时间,把自己沉迷在工作上的时间升华出来,平衡自己的神绪。

★★★

学习新事物,如果你找不到爱的话,它能填满你人生中的空虚,成为一种学问,你也会从中找到爱。

★★★

"如果你退休的话,会干些什么?"年轻朋友好奇地问,"日子难不难过?"

哈哈,要做的事像天上的星星那么多,只要选一两样,已研究不完。

如我的老友,养鱼和种花为百态,安静时阅读,多么逍遥!他说:"每天轮流替那十几缸鱼换水,累都累死,哪还有时间说闷?人家配出一尾新种高兴得要命,我这儿的新种,至少十几条。"

如果我退休,第一件事是开始雕刻佛像,然后练书法和画画,够我忙的了。

一直不敢去碰,怕上瘾没时间研究的是京剧和相声,可以开始了。音响方面,重温以前听过的古典,直落到爵士和怨曲,一面做其他事,一面听。

把每一天要穿的衣服洗好烫直,一件件挂起来,一日准备两三套,预防忽冷忽热。一向少戴的帽子,不肯用的雨伞,也可以一一收藏,越买花样越多。

底衣内裤买最柔软舒服的,这是非常重要的,绝对不能忽视,已不必穿名牌跟流行了。

各种钢笔和毛笔的收集也有很浓厚的兴趣,时间不够的话,请古镇煌兄割爱,把他不要的那一批买下来玩玩。

现在用的照完抛弃的相机,越简便越好,但退休后可玩回从前发烧时节的徕卡、哈苏等,也许学回自冲、自洗、自印、自放大。

重新学习下围棋、国际象棋,希望有朝一日与金庸先生下它一局。

家具更是重要,从明朝案椅到意大利沙发,椅子的研究是至上的,最好像穿梭机上的座椅,按了钮,可调节任何一个角度,喊了一声,灯光从不同方向射来。棺材舒不舒服,倒是次要的了。

没想过退休后做些什么,从年轻开始,我已经一直休而退,退而休。

人生若得趣友若干

任何单调乏味的东西,给它们上色

丁雄泉(Walasse Ting)的画总是让我充满快乐。充满活力的色彩和欢乐的画面,如何能不喜欢呢?如果我能学到他的一点,我就很高兴了。

我很想认识他,有一天他在香港举办他的展览时,一位报界的朋友把我们介绍给了彼此。丁雄泉身材高大魁梧。虽然他已经六十多岁了,但看上去比较年轻。丁先生因为我对他的作品了解而感到惊喜,并说他喜欢阅读我的文章,我们可以成为朋友。我拒绝了。我恳求成为他的学生。

"我永远不会教你画画,"他说,"因为我从来没有学过画画。"

"真的吗?"我问。

"看看我的作品。所有的线条都像孩子的涂鸦。正是这些颜色吸引了人们。"

"那就教我怎么用颜色吧。"

"成为著名画家是你的志向吗?如果是这样,你就太迟了。需要一生的时间才有机会成为一个普通的艺术家,更不用说成为一个好艺术家了。在你这个年纪,你只能领略到一点。"

"这就是我想要的。"

"好吧,那我们就成为朋友吧。"

"那就做朋友吧。"我最后说。

从那以后,他去中国或远东地区旅行时,我抓住一切机会与他见面。

有一次在上海,我们去了一家著名的餐厅。丁先生点了菜单上几乎所有的菜。

"我在阿姆斯特丹不是每天都能吃到美味的中国菜。"他说。

服务员走过来,看到一桌菜:"只有你们两个?你邀请了谁却没来?"

"哦,"丁先生说,"我们邀请了李白、毕加索、爱因斯坦,等等。"

我特意去阿姆斯特丹,因为丁先生就住在那里。我一大早就到了。

杰西,丁先生的儿子在机场接我。从那以后,我也成了他们整个家庭的朋友。丁先生有一个儿子和一个住在纽约的女儿米娅。

我在希尔顿酒店订了房间,列侬(Lennon)和洋子(Yoko)拍了那些著名的照片的同一个房间。

丁先生的房子曾经是一所古老的中学。木门很小,他在上面画满了野花。杰西说门被偷了两次。当我进入时,我看到了任何艺术家都梦寐以求的巨大工作室。这是一个改建的室内篮球馆。天花板有三层楼高,内衬着五百管荧光灯,这样丁先生就可以将阴天变成暑假。

一股强烈的洋葱香味扑鼻而来。它来自数百个孤挺花球茎。它们似乎在同一时间盛开。

"我们喝酒!"丁先生拿出了一个陈年水晶瓶。

"我们早上应该喝香槟吗?"我问。

"我们应该晚上才喝香槟吗?"他回答。

喝完第一瓶后,他打开了第二瓶。

"那么,"我说,"我如何开始像你一样使用绚丽的色彩?"

"别学我,向自然学习。任何五颜六色的东西都是你的老师。看看刚刚飞进花园的翠鸟。仔细看。你能看到它羽毛的颜色吗?记住它,研究它,重新创造它。"

"我应该用什么颜料?"

"我发现丙烯更光亮。最好的是名为 Flashe 的法国产品。你可以像溶解水彩一样溶解它,也可以像画油画一样使用它。"

他描绘了一个黑白色的女人身影,说:"去吧,涂上颜色。"

回想起他的许多画作,我在上面泼洒了一些颜色。他点了点头。几瓶香槟被喝光了。课堂一直持续到午夜。那个时候我喝醉了,倒在他的沙发上睡着了。

第二天,我们去了艾伯特市场,买了很多的食物。最令人愉快的是我们像当地人一样吃生鲱鱼，抬起头整条放进嘴里，然后大口咀嚼。我们回到工作室做饭、画画和喝酒。那是我一生中最值得怀念的时刻。

"我应该在什么地方作画？"我问。

"任何东西上，"他回答，"纸、布、冰箱。任何单调乏味的东西。给它们上色。使它们栩栩如生。给它们和自己带来快乐。"

我做到了，我甚至给我的手提箱刷了漆。当我通过海关时，人们会认出它们。"丁雄泉？"他们笑着问。

后来我买了一千条白色的领带，也画了。我不介意人们称我为模仿者。如果我能从丁雄泉身上继承一丝色彩，我的余生都会幸福。

我宁愿坚强下来教你

丁雄泉的人生充满了绚丽的色彩，而冯康侯大师的世界却黑白分明。

在我四十岁那年，我感到我的生命正在消逝，我知道我必须做些事情。

最简单的解决方法是将艺术作为一种爱好。当我还是个孩子的时候，我父亲会用毛笔写各种各样的书法来哄我。我一直想像他一样，但我的电影工作实在太忙，我差不多把所有事情都忘记了。但是我父亲种下了一颗种子，是时候让它开花了。

于是我去找了香港最好的书法家冯先生，请他教我。

在我上第一堂课的那天，他最爱的儿子死于肺炎。我在考虑是否应该找另一天再来，但我决定敲门。

"进来，进来，"他说，"哀悼是没有用的。我宁愿坚强下来教你。"

他拿出一张纸，让我写点什么，随便什么。

"但我不知道如何开始。"我抗议道。

"想到什么就写什么。"

我终于写下:"感谢您收我为徒。"

"从你的文字中,我知道哪位大师的风格最接近你的风格。这位大师留下了许多手稿。你可以向他学习。我小时候也跟他学过。当我们都向同一位老师学习时,我们就是同学。"

我含着眼泪握住了他的手。

从此,我日日夜夜疯狂地练书法。

金庸的稀奇古怪

黄蓉想出来的食谱,稀奇古怪。作者金庸先生的饮食习惯,却很正常。

"我和蔡澜对一些事情的看法都很相同,只是对于吃的,他叫的东西我一点也吃不惯。"有一次和金庸先生去吃广东粥面,他就这么说。

海鲜类金庸先生也没有兴趣,他爱吃肉,西餐厅牛扒绝对没有问题。一起去旅行时,到中国餐厅,他喜欢点酸辣汤,北方水饺也吃得惯。

上杭州餐厅和去沪菜食肆,金庸先生不必看菜单,也可以如数家珍地一样样叫得出来。

至于水果,金庸先生最喜欢吃西瓜。这也是江浙人的习惯吧。我小时候就常听家父说他住上海的时候,西瓜商家是一担担买来请伙计吃的。不这么做就寒酸了,当年没有雪柜,把西瓜放进井里,夏天吃起来比较冰凉。

说到酒,据说金庸先生年轻时酒量不错,但我没看过他大量喝,来杯威士忌不过不加冰，净饮倒是常见。

近年来他喜欢喝点红酒，每次摘下眼镜后细看酒牌，所选的酒厂和年份都不错。不时喝到侍者推荐的好酒，也用心笔记下来。

吃饱了饭，大家闲聊时，金庸先生有些小动作很独特，他常用食指和中指各插上支牙签，当是踩高跷一样一步步行走。

数年前，经过一场与病魔的大决斗之后，医生不许大侠吃甜的，但是愈被禁止愈想吃，金庸先生会先把一长条朱古力不知不觉地藏在女护士的围裙袋里面，自己又放了另一条在睡衣口袋中，露出一截。

查太太发现了，把他的朱古力没收。但到上楼休息，金庸先生再把护士的扒了出来偷吃。本人稀奇古怪。不然，他小说中的稀奇古怪事，又怎么想出来的呢？

***

查先生的记忆力是惊人的。

记得那么多读过的书和历史细节，在小说中描述许多地方时，读者以为都是亲身经历，其实他写时没有去过。

有一位作者多事，把金庸小说中的二十道项目一一分析，其有史、地、易、儒、佛、道、兵、典、政、武、医、诗、琴、棋、书、画、花、酒、食、俗。发觉查先生写得样样精通，堪称中国传统文化的百科全书。

除了正经数据搜索之外，查先生连电视上名不见经传的女配角名字叫什么，也能一一道来。

查太太为了查先生的健康，替他买了一台跑步机，很高级的那种，手架上还有一台迷你电视，可以一面看一面做运动才不会闷。查先生每天看了几分钟电视连续剧，全部记得。当我们拍着头想不出那个女的叫什么时，就去问他，查先生回答得十分准确。

查太太一个弟弟叫阿Dan，两人从小相依为命，感情十分深厚，阿Dan当今移民到墨尔本，有一位好太太，两个女儿已亭亭玉立。

查先生在墨尔本有一座大屋，每年去小住一两个月，在家里做做学问、修改旧作之余，常和阿Dan一家到外面吃吃饭、看看电影、逛逛书店。

有一年查先生说要去看歌剧，阿Dan查完电话号码后去订位，查先生听在耳里。到了第二年，又要去看别的，阿Dan不问电话公司，反问查先生歌剧院的电话号码，他即能说出。

从此，这类事情就变成他们之间的游戏，所有关于数字的，都成为测验，问查先生记不记得。

有一天，查先生忽然宣布："我再也不回答你的问题。"

"为什么？"阿Dan问。

查先生说："昨晚我做了一个梦，梦见我又回到学校考试，一点都不好玩！"

绑架成龙拍电影

二十世纪八十年代是香港电影业的黄金时代。我们凭着成龙的电影成功征服了日本市场和世界其他地区，包括非洲大陆。

当老板邹文怀从他的办公室打电话给我时，我是嘉禾的制片经理。

"让成龙躲一下。我们得到消息，一个越南黑帮集团要绑架他拍电影。"

"去哪儿？"我问。

"任何地方，"他说，"现在就走！"

我一直很享受旅行的乐趣，我想到的第一个城市是巴塞罗那，毕加索（Picasso）、米罗（Miro）、达利（Dali）和高迪的故乡。

成龙、洪金宝、编剧陈健森和我，登上了午夜的航班飞往这座城市。我们住在维多利亚酒店的公寓里，我们可以在那里睡觉和自己做饭。正是在那里，我们从头开始构思了一个故事，并继续制作了1984年的电影《快餐车》，该片票房甚是成功。

从那时起,成龙爱上了在有异国情调的地方拍摄电影,我们的下一个项目是1986年的《龙兄虎弟》,我们在南斯拉夫,现在的克罗地亚拍摄。

我从香港带来了一个由100名制作人员组成的团队,并开始拍摄。

当成龙不得不为他的前一部电影进行一次东京宣传之旅时,我们已经进行了三周的制作。他花了五天时间来回穿梭,没有任何休息。尽管如此,成龙还是精力充沛,一到南斯拉夫就开始拍摄。

该地点是一个废墟,距离萨格勒布约四十分钟车程。有两堵墙,中间有一棵树。成龙不得不从一堵墙上跳下来,做一个翻筋斗,抓住树枝然后摆动到另一堵墙上。这棵树大约有四十英尺高,下面的地面布满了岩石。问题是由于摄像机的角度,我们无法用纸盒覆盖地面以保证安全。

"你能做到吗?"我们问。

"小事!"成龙回答,"我从更高的地方跳过。"

当然,与必须从七层楼跳下的电影《A计划》相比,这算不了什么。

开始拍摄。成龙从一堵墙上跳下来,翻了个跟头,抓住了树枝,安全地落在了另一边。每个人都拍了拍手,但成龙并不满意。

"再来一个!"

(自从成龙出演1982年的电影《龙少爷》,这成了他的标志性短语。拍摄一个踢毽子的镜头,背后是2899次"NG!"。)

已经拍得更好,但成龙说还不够好。

"再来一个!"他命令道。

在第三次拍摄时,他从壁架跳到树上,但他抓住的树枝折断了,使他摔到地面上。

一声巨响传来,所有人都冲到现场。

成龙起初看起来很好,但当我们把他抱起来时,血开始像水龙头里的水一样从他的左耳里流出来。

我们试着用手捂住他的伤口。片场有一名急诊护士带着棉花跑来。

"怎么样?"成龙神志清醒,但声音虚弱。

"这只是耳朵上的一个伤口。"化妆师对他撒了谎。

"疼吗?疼吗?"经常出现在片场的成龙爸爸哭了起来。

成龙摇了摇头,更多的血流了出来,他开始失去知觉。

"别让他睡!他必须保持清醒!"有很多伤病经验的特技队喊道。

我们十个人抬着他穿过一条狭窄的道路,通向一辆等候的吉普车。前往当地医院的颠簸导致他的耳朵流血更多,棉签浸湿了。成龙爸爸一直亲吻着儿子。成龙全程神志清醒,只是声音变弱了,他说他想呕吐。

在我们到达医院之前,好像过了一辈子。但你还能称这建筑为医院吗?它是如此古老和破烂。

成龙被推进急诊室,在那里他注射了四针破伤风疫苗。但血流却无法停止。

"我们将不得不将他转移到专科医院。"医生宣布。

又一家破烂的医院。我们甚至发现天花板上溅满了黑色的血点。我问男护士怎么回事,他如实回答:"哦,那是一个病人从自己喉咙里拔管子喷出来的。"

我反胃了。

经过漫长的等待,专家出现了。他是一个衣衫褴褛的家伙,一头乱糟糟的白发,抽着一根又一根的烟,一身白袍看起来脏兮兮的。他将成龙推入手术室进行 X 光检查。

在等待的过程中,我们设法给香港打电话,被告知我们必须尝试联系欧洲最好的神经科医生,但一直联系不上对方。

环顾四周,急诊室的医疗设备其实还挺先进的,和一般病房不一样。

一组四名医生聚集在一起讨论这个案子。

"病人的头骨有一个四英寸的裂缝。"其中一位医生用标准的英语说。

"他有生命危险吗?"我们都问。

"幸运的是,血液已经从他的耳朵里流出了。"医生说,"如果他的大脑一直在流血,他现在很可能已经昏迷。"

"然后呢?"我们问。

"他必须马上手术！"白发医生说道，"有一块骨头快要刺进脑子了，一定要取出来！"

听说成龙要在这家医院做手术，我们又开始担心了。

"如果我们现在不这样做，血液会在耳朵里凝固，病人就会聋，这是小事。如果那块骨头伤害了大脑，那就更糟了。"他又抖掉了香烟上的烟灰。

我们应该做什么？我们应该做什么？我们无法为成龙爸爸做决定。

就在这时，电话响了，是香港打来的国际电话。

"巴黎的外科医生建议你去看南斯拉夫最好的专家，一个叫佩特森医生的人，他应该会立即给成龙动手术。"

"但是佩特森医生在哪里？我们在哪里可以找到他？"

一直抽着烟，头发凌乱、灰白头发的医生笑着说："我是佩特森医生。"

成龙爸爸在文件上签了字，佩特森医生安慰他说："别担心，这和四肢的手术没什么区别。只是因为伤在头骨上听起来更危险。"他熄灭了香烟，把成龙推进了手术室。

几个小时过去了，另一队医生和护士在外面等着接手，他们也都是吸烟者。等候区像深山中烟雾弥漫！

佩特森医生出来了。我们冲向他，以为手术已经完成，但佩特森医生示意我们等一下。他拍了拍空口袋，又向护士要了一支烟。在回去做手术之前，用力地吸了一口。我的天！这会让所有老烟枪蒙羞！

又一个小时过去了，全部医生都出来了。

每个人都跳了起来，问："怎么样？"

佩特森医生摇摇头，我们又跳了起来。

"我从没见过这样的病人！整个手术过程中，他的血压从未下降。简直是超人！"

"他没事吧？"我们喊道。

"是的，"他说，"但我们必须观察他一段时间，以确保不会出现其他问题。"

终于松一口气！

佩特森医生又开始吸烟。"在这里等着没用。病人必须休息。他十天就恢复了。"

第二天只有少数人被允许探望他，成龙一直昏睡。第三天，他开始抱怨头痛。医生让护士给他打止痛针，但成龙这辈子最讨厌打针。有八名护士轮流照顾他，但成龙只对其中之一感到满意。成龙说她是最用心打针的，但大家都知道她有成龙偏爱的高鼻子！

又过了几天，成龙开始讲笑话。

老朋友谭咏麟来看望他。他吹着《朋友》的主题曲，成龙跟着唱。

过了一段时间，护士们开始治疗他的伤口。她们试了好几次才把所有的缝线都拆了,但我们一直没弄清楚总共缝了多少针。

"你现在可以出院了。"佩特森医生终于宣布。

三周后,成龙又回到了跳墙场景。他做得很漂亮,但即便如此,他还是转向工作人员说:"再来一次。"

当成龙在他的旅馆房间里康复时,他问我是否要感谢八位护士对他的照料,晚上招待她们。我们与成龙爸爸和特技演员一起为所有女士安排了一顿丰盛的晚餐。

护士们悉心打扮后,跟穿着白袍的样子完全不同。盛宴之后,我们一起去了酒吧。

女士们点了 Slivovitz,一种酒精含量非常高的当地烈酒。"一米!"她们对酒保说。一米?而不是一杯?我们以为我们听错了。不,不!酒保将 Slivovitz 装入特殊的小瓶子中,然后将它们排成一排,直到它们达到一米长。女士们拿起第一小瓶一饮而尽,然后是第二瓶、第三瓶和第四瓶,直到最后一瓶。一米又一米被护士们喝光。然后她们把我们拉到舞池,随着迪斯科音乐跳舞。我们不停地跳舞,直到特技演员和我精疲力竭。

直到清晨,舞池里只剩下成龙爸爸继续跳舞。

我们终于知道成龙的超人基因是从何而来的了。

至情至性的黄霑

吴宇森兄从加州传真一封信过来，谈及黄霑兄走前还有一点痛苦，我感受颇深。

关于死，中国人诸多忌讳，不去涉及。那么一个历史悠久的国家，对一切都有研究，变成文化。但死，没有文化。

人生尽头，最好苦楚全无，打麻将打到一半暴毙，或马上风，乐事也。

死法学老和尚吧，他们在最后那几天断食，安然离去，这是最文明的安乐死，在西方还没有提倡以药物终结生命时，东方人老早已想到。但愿自己走时，安乐死已经普及化，以免那几日的挨饿，哈哈。

追悼会一定要在生前举行。大家在一起开个派对，吃吃喝喝后离开，从此隐姓埋名不涉世事，不见熟人，与死相同。

佛教也提过，临终前家人不要哭哭啼啼，否则影响到死者，令其幽魂不散。让他们安安详详离去吧，别太过悲哀，这一点天主教做得很好，我们还是不行。

我最敬仰的弘一法师在遗嘱上也写明，圆寂后八个小时内别移动躯体。他说的一定有他的道理。所以家父走时我坚持安放于卧屋里，南洋天气热，一般人会即刻送殓打防腐剂。

说也奇怪，门房开着，去世后刚刚好八个小时，忽然听到一声巨响，门关闭，好像在告诉儿女，我走矣。冷气房，绝对不是风在作怪，当今想起，有点寒意。

之后，已是皮囊一副，灵魂消散了吧？如果还有灵魂存在，这世上已挤满，没空间了。土葬火葬，家人再也不应执着，这才是完美的结局。

***

黄霑走了，追思会也办过，报纸杂志上的报道还是不断，他的歌，电视上重播又重播。

这几天，每次举笔，脑海里全是他的歌词，写不出，几乎要开天窗。

追思会那天，一早去了，不能进场，工作人员把我拉入一间休息室，进门一看，都是好友，都在等待。

一会儿有人走入，说可以进场了。走到一半，又说人多混乱，还是回休息室好。

又过一会儿，再来请，走出，又被截止，说外头太阳热，不必那么早去。

火了，正要大嚷，林青霞看我面色不对，即刻和沈殿霞过来劝止。有一位大美人和一个开心果引开注意力，也就平静下来。

我现在更了解当年好友的心情，他去旧金山之前，经常发脾气，一看到不如意的，即破口大骂。人生苦短，要做什么就做什么，骂是真，发脾气也是真，不管那么多了。

有位长辈说何必呢，学我炉火纯青好了。我才不要炉火纯青，青来干什么？还我火样红，不行吗？

等了好久，预定的开场时间也过了，我又生气，林青霞醒目（粤语中聪明的意思），偷偷向工作人员说，让他先去算了。

到了灵前，献上枝花，向黄老霑招招手，就退出。

走到停车场，一群记者问我为什么那么早走？我回答："世俗事，不必拘泥。"

回家赶稿，还是只字不出。打开电视，看人大声呼吁，追思会变成禁烟大会，好在早走，不然上前揪打。出外散步，遇到好友，向他诉苦，他回答说："心情不好，骂人可也。"

好，这几天，就专写骂人文章。但一下笔，又闻歌声，今后也会如此吧？与黄老霑不见面罢了，他没死。

***

黄霑和陈惠敏终于结婚了。

别误会,这个陈惠敏不是武打明星的陈惠敏,是位叫云妮的小姐,比黄霑小十七岁,是他从前的秘书。

早在做《今夜不设防》电视节目时,黄霑就告诉我们关于云妮的事。

"简直像金庸小说里的人物。"我们中的一位说,"怎么可以不要?一个男人,一生中,有多少个像云妮那么死心塌地爱你的?你不要,让给我。"

当然是说着玩的,黄霑才死都不肯让出,所以才搞到今天结婚这种后果。

在十一月初,黄霑和云妮从香港直飞三藩市(即旧金山),先拜访老友。黄霑前一阵子每天上镜,累死他了,和朋友说了一会儿之后便回酒店,大睡数十个小时。我们听了,点头说此时是真睡,不是和云妮亲热,要是洞房那么长时间,怕他已经虚脱。

在三藩市住了三天,便飞拉斯维加斯。大家都知道,这是天下结婚最方便、最快的地方。

"一到了马上办好事?"我们做急死太监状,盘问黄霑。

"当然不是啦。"他说,"我们先去看赌场的表演,又去吃一餐中饭。遇到澳门来的叶汉先生,认得出我,还帮我埋了单。"

"后来呢?"我们又追问。

"虽然说是去结婚的。"黄霑回忆,"但是云妮还没有最后答应。"

我们心里都说:"到了这个地步,还不点头,天下岂有这等怪事。"

只好等着他耍花枪,耐心地听他讲下去。

黄霑说:"到了第三天,我们在街上散步,我才向云妮建议:现在结婚去。"

"她点头了?"我们假装紧张地问。

"唔。"黄霑沾沾自喜。

"是不是在教堂举行婚礼的?"

"不是。"黄霑说,"不能直接到教堂。"

这又是怪事了。

"先要领取一张结婚准证。"

"什么准证?"

这次是他的第二回,以下是黄霑的结婚故事:

我们必须先去一个政府机构,说出护照号码,登记什么国籍的人等。一走进去,那个政府官员在看我身后有没有人,又指着云妮,问道:"这是不是你的女儿?你的太太呢?"

我说这就是我要结婚的人。那官员听了羡慕得不得了,马上替我们登记，然后收费。

"多少钱？"我问他。

"75块。"

"这么贵！"我说。

"那是两人份的登记费呀！"他说。

我心中直骂："废话！结婚登记不是两人份是什么，哪里有一人份的。"

也照付了钱，问他说："附近哪一家教堂最好？"

"都差不多。"他说，"就在我们对面有家政府办的，你要不要去试试看？"

当然是政府办的，比私人办的正式一点，我就和云妮走过了一座建筑物，它不像是一个让人结婚的地方，倒像一家医院。

门口有人守着，这地方是24小时营业的，生意好像不是太兴隆，所以那人跷起双脚，架在门上睡觉。

我把他叫醒，说明来意，他即刻让我们进去。

里面只剩下一个女法官在办公，她是国家授权，让她替人家主礼的。

她一看到我们，又望我的身后有没有人，指着云妮说："这是不是你的女儿？你的太太呢？"

差点把我气死了。

她要先收费,又是75块美金,两人份。

"跟着我说。"她命令,"我,黄霑,答应不答应迎娶陈惠敏,做我的法律上的妻子,爱她、珍惜她,在健康的情形,或在生病的状况,直到死亡为止?"

我们都说一声:"I do。"

她问我:"有没有带戒指?"

我们哪有准备这些东西?摇摇头。

"不要紧。"她说完从桌子上拿了两个树胶圈,让我们互相戴上,大功告成。

女法官在结婚证上签了名,盖上印,交了给我。

我一看,在证婚人一栏上,写着一个叫罗拔·钟斯的名字,从不相识,便问她道:"谁是罗拔·钟斯?"

女法官懒洋洋地说:"就是他。"

指的是睡在门口的那个人。

一个人也可以很快活

人生到了某个阶段，想把学到的东西教给别人，叫收徒弟。

中国人收徒弟，有什么正式礼仪？当年拜冯康侯先生为书法和篆刻的老师，他老人家只是笑笑，第二天就上课了。

日本人办事严肃，徒弟要送先生很隆重的礼。从前的父母千方百计，把子女送到事业有所成的人家，比上什么大学都好。艺学到了，一生受用不尽。做徒弟的任劳任怨，有时还受毒打，也不吭声。

当今的社会，再也不流行收徒弟这回事，人与人之间已失去了尊敬，没什么师徒可言，而且一切都要讲缘分。要找一个好的先生不容易，老师要收一个好学生，更难。怪不得连金庸作品中的南海鳄神，见段誉是个可造之才，也拼命要收他。和老友聊起，他说能收徒弟，也是一件欢悦的事，我一定要收徒儿，愈不合时宜愈快乐。

"但是，"他说，"要收，就收女的。"

"为什么要收女的？男的不行吗？"

"你看孔子，收了那么多个男的，也没觉得特别。"他说，"写《随园诗话》的袁枚不同,他专收女的,一收就三百个。"

"三百个?收到几时?"

"从现在开始,一年收三十个。十年就三百个了。"他说。

"男女兼收,可以快一点。"

"还是专收女弟子好,千万别收契女(粤语词汇,即义女、干女儿),契女听起来暧昧。"

"也有点道理。"我说。

"收完了,可以刻一个图章,叫多一个。"

"多一个?"

老友大笑四声:"收足三百零一个,比袁枚多一个,才过瘾。"

想想,也是过瘾。和老友聊天,更过瘾。

***

"所以做人及时行乐最重要。"老友在电话中说,"不然老了,要做什么都做不了,要吃什么都吃不下。老了,牙齿都会软,真是惨绝人寰。"他说话的时候,爱用四字成语,像写文章时一样,所以说"惨绝人寰"说得很顺口。

"我有一个同学,什么都不敢吃,做人规规矩矩。他前几天死掉了,年龄和我一样,哈哈哈哈。"他说。

"嫂子好吗?"我转一个话题。

"到香港去了。"他说。

"你一个人不怕寂寞?"

"我最喜欢一个人了。"老友说,"躲着看书、看计算机,几个小时动也不动,没人管,多快活!这一点我儿子也像我,我们两个人都很享受和外界隔绝的生活。"

"旧金山的华人呢?没和你打交道?"

"不可以去碰,一碰就黏上来。他们的时间好像用不完似的,每天来找你,要你做这个、做那个,硬要把自己的生活强加到人家头上去。"

"好,我替你写出来,免得再有这种事。"我说。

"快点写。"老友说,"有时他们连电话也不打一个,就找上门。"

"你没暗示过他们吗?"我问。

"暗示也没有用,一定要翻脸才有效,哈哈哈哈。"

一生中,从来不用床

家父友人中有一位蔡梦香先生。他是潮州人,在上海法政大学读书,后来寄居星洲和槟城。

蔡先生是一位清癯如鹤,天真如婴儿的老人,很随和脱略,老少同欢。手头好像很阔绰,随身行装却很少,只有一个又旧又小的藤箱。一天,一个打扫房间的工人好奇地偷看他那藤箱中装的是什么东西,原来那三两件的衣服已拿去洗,里面空空洞洞,只有一张折叠着的黄纸,上面写着"处士讳梦香公之墓"。

大家知道了这秘密不敢说出口,老人却敏感地抢先声明:"自己的身后事让自己做好,不是减少后人的麻烦吗?"他更写了一首诗:

随处尽堪埋我骨,天涯终老亦何妨?

死生不出地球外,四海六洲皆故乡。

一生中,蔡先生从来不用床。疲倦了躺在醉翁椅上,像一只虾一样屈起来做梦。梦醒又写诗作对，写完即刻抛掉。什么纸都不论，连小学生的算学蓝色方格簿上也写。桌上一本书也没有，但是看他的诗、书法和画，可知他的功力极深。除了做梦，蔡先生还会吐纳气功，清醒的时间只有十分之二三。当他作画时，不知自己是书是画，是梦是醒：醒后入梦，而不知其梦。对于他，什么所谓画，怎么所谓醒，都不重要了。

有一天，一件突发的事破坏了他一贯的生活规律。那是他中了头奖马票。本来冷眼看他的人都来向他借钱。他说："想见面的朋友偏偏不来看我，因为马票已成友情的障碍；而怕和我见面的却天天包围着我，这怎么办？"

还有怎么办？他畅意挥霍，过了一年半载，把钱花光了，然后心安理得，蜷曲醉翁椅昏昏入梦。

文人的生活到底不好过，他流浪寄居于各地会馆，终遭白眼。蔡先生于八十三岁逝世，我一直无缘见他一面。今天读他的遗作，知道他在临终那几年已丧失了豪迈，他写道：

处处崎岖行不得，艰难万里度云山；
不如归去去何处，随遇而安难暂安。

这首诗与他当年"四海六洲皆故乡"的旷达心情是相差多远，不禁为他老人家流泪。

发妻

回到新加坡,惊闻志峰兄逝世了。他的英俊潇洒的形象,至今还是活生生。不过,志峰兄一生可说得上多姿多彩,不枉此生。

三十年前,他常到我们家来座谈,每次都带来一些想不到的礼物,印象深刻的是那回送给我们一只小黑熊,胸口有块白斑,像小孩一样顽皮,可爱至极。长大后,我们常和它摔跤,后来力气越来越大,父母亲再也不放心,把它送给动物园,让我们伤心了好一阵子。

起初只知道志峰兄是个普通的印度尼西亚华侨,混熟了才知他极富有,又是大学生,对中国文学亦有研究,而且擅于写旧诗,真是失敬得很。

家父亦好此道,所以志峰兄一坐就是数小时,我们听不懂诗词的奥妙,只会玩他带来的礼物。现在想起来真后悔。

有一回,他又拿了两尾色彩缤纷的鲤鱼相送,家父外出,他闲着无聊,就给我们兄弟讲《白秋练》的故事。他口才好,形容得那条鱼精活生生的,不逊蒲松龄的口述,也启发了我们对《聊斋志异》的爱好。

当时,志峰兄二十多岁,尚未娶亲,他的朋友说他头脑有毛病,对婚姻有恐惧，死守独身主义。

志峰兄的理论是："女人嘛，缠上身后每天相对，总会看厌的。"

他自己住在一座大洋房里，花了不少钱装修，但从来不让朋友上他的家。友人不死心，一定要为这间屋子加上个女主人，纷纷介绍年轻女子给他做老婆。

志峰兄笑着说："一个人清清静静多好。"

直到有一天，志峰兄病了，他的好友见他几天不上班，不管三七二十一地带了医生冲进他的房，才看到整座屋子布置得像好色埃及法老的皇宫。

据他的老管家说，他主人一年三百六十五天，每晚都换新女朋友，有时还不止一个，五六个成群结队地。奇怪的是，第二天，她们走出来时，没有一个愁眉苦脸的，都是心满意足。

至于说志峰兄为什么不结婚，这并非他没有这个念头，只是他有双重性格，一方面放荡不羁，一方面却是个虔诚的天主教徒，认为结过一次婚后就不能再娶。

原来志峰兄十七岁的那年，他父亲在他们普宁的乡下为他娶了个大他几岁的老婆。这女人性欲极强，志峰兄虽然年轻力壮也吃不消她，产生了自卑感。

有一回，他父亲派他到外面去做生意，却又是生龙活虎，比其他的人了得。

回家后，他找了要再读书的借口，跑到汕头，接着偷偷溜到印度尼西亚去投靠他的叔父。叔父开的是橡皮工厂，拥有许多树胶园，割树胶的却是女工，皆于黎明出发收割，志峰兄当然也跟着去了。

她们却被他摆平，工作的效率日渐减低。当女工一个个大着肚子去告密后，他叔父把志峰兄赶出树胶园。志峰兄到处流浪，做做杂役，给他半工半读地念完万隆大学，他精通印度尼西亚文和荷兰语，考试都是第一名，闲时上教堂，也念念不忘中国文学，吟诗作对。

受过树胶园教训之后，志峰兄虽然重施故技地应付女同学，但是已变成有原则，那便是永远要穿"雨衣"登场。

"衣服穿惯了，就是身体的一部分，'雨衣'也是一样的。"志峰兄说。

但是，他的朋友不知道他在胡扯些什么。

同学之中，有个是高官的儿子。志峰兄搭上这关系做起生意来，不出数年给他赚个钵满。志峰兄一直进行他的秘密游戏，有一天，他忽然间停止了一切活动，自己写了立轴道：

白发满头归不得，

诗情酒兴意阑珊。

大家以为他是机关枪开得太多，但真正的原因，是他听到了发妻去世的消息。

电影之路和补习之路

电影圈中,我最尊敬的长辈是朱旭华先生,曾经在上海监制过多部片子。有幸和老人家在邵氏年代共事。当年他编的《香港影画》为最有分量的刊物,连西西和亦舒都来撰稿。

朱先生有子女多名,我较熟悉的是朱家鼎和朱家欣。哥哥到意大利学摄影,回香港后拍了几部电影,后转入动画,最后成为香港最大的计算机动画公司的老板。弟弟朱家鼎到美国学美术,回香港后成立广告公司,并与钟楚红结婚,作品商业之中兼艺术性,至今尚被广告界视为经典。

朱家欣娶了邵氏影星陈依龄,为陈家姐妹的大姐,生一子,名松青。

从小看松青长大,只用英文名字 Jeremy 叫他。他由母亲陪伴,到加拿大去念书。不知不觉,Jeremy 已经二十七岁了。

我难得有空,偶尔到朱家打麻将,遇到 Jeremy,和他没大没小地闲聊。

有空时，他会做些怪兽造型，不比专业人士差，也开过展览会。一向以为他会和祖父及父母一样，走向电影之路。近来得知他要做的第一份工作，竟然是补习老师。

补习些什么？得到的答案更令我惊奇：是数学。

这一说，依稀记得他手不离卷，看的只是有关数学的书。原来在大学期间，他遇到了一位数学奇才，是罗马尼亚人，而罗马尼亚以数学之精见称。这位老师不苟言笑，生活在数学之中，全家人亦如此，一吃过饭，最佳娱乐就是玩数字游戏。

得到老师的启蒙，Jeremy 的数学书愈看愈深，老师见孺子可教，私下特别为他授课。

学以致用，他希望灌输学生另类的数学概念和图解。我曾听他讲过一次理论课，也算懂得一二。

学无止境，他开课时，第一个报名。

研究物理学的蔡志忠

蔡志忠已不必我多介绍，凡是爱书的人，都会涉猎他的作品。一早，他已洞悉年轻人看漫画的倾向，以最浅白和易懂的说故事方式，将所有的中国文学巨著改为图画，深入人心。

他的作品已在三十一个国家和地区出版，总销量超过三千万册，内地的书迷众多，杭州市最近还发了一块地给他，在那里创立了"巧克力国际动漫"，将计算机动画辑入手机里面，随时下载。

他的记忆力厉害，对我说："三十几年前我在日本住下，在东京的邵氏办公室书架上看到你的书，有一篇关于韩江船夫的散文，那种情景，真令人羡慕，我去了韩国之后，已找不到了。"

台北的工作室就在一个市中心的大厦里，住宅在楼上，不太让人家去，我十多年前来过，记得全屋挤满佛像。

"现在有多少尊了？"我问。

"三千多。"他笑着说，"我一生画漫画赚到的钱，还只有收藏佛像后升值的十分之一。"

客厅墙边、书架上、书房周围,甚至卧室里,都是钢制的佛像,有些精致万分,头发一根根,衣服上的刺绣一条条表现出来,美不胜收。

"你睡在哪里?"我问。

他指着被佛像包围的三张榻榻米:"遇到地震,佛像掉下,被压死了,也是一种相当有趣的走法。"

知道我最爱读《聊斋志异》,他从书架上拿下一册,连同新书《漫画儒家思想》上下册,在插页上画了两幅画送我。见他的彩笔都越用越短,刨得像迷你佛像,感觉到他对一切物品的爱惜与珍重。

"最近忙些什么?"我又问。

"研究物理学。"说完拿出多册分子和量子的笔记,图文并茂,看得差点把我吓倒,肯定这个人不是人,是外星人。

和沈宏非吃饭

国内写食经的人不少，沈宏非是很出色的一位。他主编《都市画报》时，曾寄给我阅读，但总没机会见面。这次去广州，先打了一个电话给他。

约在一家叫"流金岁月"的沪菜馆，是他推荐的。沈宏非在上海长大，来了广州十多年，讲得一口流利的粤语，还是怀念家乡菜。

地方不错，开在天河区中信广场。记得事前友人告诉我：沈宏非是一个胖子，坐在飞机座位上很辛苦，我的脑里即刻出现相扑手，上洗手间也得假手于人。

沈宏非一出现，略肥罢了，笑嘻嘻像一尊弥勒佛。

对谈之中，发现他的观察力很强，好奇心重，这都是当食评者的条件。1962年才出生的他，经历过困难时期，没什么好吃的，如果不具备乐天的遗传基因，是不行的。

"流金岁月"的各种沪菜齐全，还有蛤蜊蒸蛋，当今香港没有几家上海馆做得出，上海师傅们都没试过。

我请沈宏非点菜，因为这家馆子他去得熟，结果叫了几个冷菜都是我喜欢的，像黄泥螺，用啤酒冲过，没那么死咸，很可口。

又有醉蟹和呛虾，后者用当归浸了，与普通呛虾不同。这三种生东西吃得津津有味，再多叫一碟，老板娘笑着问："吃多少碟为止？"

我也笑着回答："吃到拉肚子为止。"

沈宏非大表赞同。

我们谈起上海的餐厅，说到包子，大家意见一致，是淮海路上那家最好。

这一生遇到不少好吃的人，懂得吃的人，没有一个不说肉类之中羊肉最佳，他也是。

沈宏非还说："有些人说羊肉做得好的话一点也不膻，这简直是放屁。"

大家笑成一团。

给亦舒的信

亦舒：

你走了，已有一段日子。

读者依旧看文章，不觉得你的离去，但是做朋友者，想念得紧，许多我们共同认识的（朋友），都问候起你。书信，可解决乡愁，也能变为一种负担。记得当年我在外国留学，虽然得到家书的喜悦，但也有些不想回复的问题，如何下笔，犹豫个老半天。

我想，要是书信也是一条单程路，那该有多好！故居的消息，友人的近况，全部定期阅读，但又可不必回信，天下还有更乐的事吗？

多年前，我写过一篇叫《中秋》的短文，说月亮是一个转播站，当晚大家看见月亮的时候，古今友人，思潮结合。

转播站发出的讯息是公开的，大家都能参与，喜欢时才收听，今后想念你的老朋友，都可以通过这个电台当 DJ（主持人）。

祝福

蔡澜顿首

亦舒：

一位叫利雅博的朋友，变卖了屋子，到加拿大坐移民监去，他最近因公事返港几天，只有住酒店。

当晚我和他一块去吃饭，坐上车，他摇摇头，第一句话："我在香港住了三十几年，这一次，不是住在自己的家，才发现，原来来了香港，我已经没有家。"

为了令他高兴，我陪他去了好几家餐厅，像上楼梯一样，一家一家去吃。

避风塘的艇还没开放，我们去一家模仿该地菜式的馆子，大吃炒辣椒蚬和螃蟹、河粉和艇仔粥时，遇到黄霑，他现在由半山区搬出来，住在湾仔，逍遥自在地初次享受着独身汉子的生活。

我们后来又到黄霑家去听音乐，一听就几个小时。回九龙，已是清晨四点钟，过海隧道的车子还在排长龙，深感香港的繁华。这一次的塞车，我们并不抱怨，觉得等待，是应该的。

祝福

蔡澜顿首

亦舒：

在黄霑家做客的时候，看到他案头的原稿，发觉他标题也写在稿纸的第一行的格子里,三四个字已经填满二十格。

我惊讶。黄霑笑我这么多年来还不懂得用这个方法节省字数。

想想,这也不应该怪黄霑,因为有许多出版商,已经先用肮脏手段对付我们。记得在一本月刊写东西时,对方答应我一个字是多少钱,结果寄来的稿费不对,原来这家伙不但把行头行尾的空格不算,而且还将标点符号也删掉,实在太奸。

对付这种人,只有用黄霑的办法:讲好一张稿纸的酬劳,然后尽量空格,最好是算到把休止符放在新一行的第一个格子上。

当然,文章的内容比字数重要,密密麻麻,但枯燥无味的例子诸多。私向来主张排版应像下围棋,应有空间喘气,构图也较悦目,并非稿费或偷懒的问题,你说是吗?

祝福

蔡澜顿首

亦舒:

终于,由查先生请客,我和你大哥大嫂及数位好友去了日本。

吃完睡,睡完吃,享尽最高级的牛肉、鱼虾蟹,半夜再吞碗叉烧面才肯入寝。你大哥在几天内胖了几磅,大叫:"太痛苦了!"

旅途中,聊过今后如何联络的事,大家决定求《明报》在副刊开个方块,联合董梦妮,每人一个月写十篇。梦妮身居大洋洲,你大哥在北美洲,我留在香港算不了什么大地方,勉强说是亚洲吧,故栏名取为"三洲书"。

我们将自说自话,偶尔也互相交换点意见。当然还是以风风月月的人生乐趣为主题。

今晚,你兄嫂上飞机到旧金山,我没有送行。他性子急,一抵机场一定第一个冲入闸,见不到他影踪的。

依他的个性,玩金鱼、贝壳、音响等,一个时期换一个,丢下后再也不沾手,去了美国是不会回来的。我们多希望他再扭计(粤语,闹别扭、发脾气),一着陆,马上改变主意,打回头,但……

祝福

蔡澜顿首

亦舒:

本来拟好的专栏名字是"三洲书",由你大哥、董梦妮和我三人轮流执笔,前几天查先生通知,命名为"海石榴手札"。

这是我们旅日住的旅馆,印象良好,三人合写的主意又是在该地产生,这个标题来得亲热,字面上亦较有诗意。

谈到查先生的智慧,记起一段往事:

  有一次到台北古龙家中做客,刚是他最意气风发的时候,古龙说:"我写什么文字,出版商都接受:有一个父亲,有一个母亲,生了四个女儿,嫁给四个老公,就能卖钱。"

  返港后遇查先生,把这件事告诉他,查先生笑眯眯地:"我也能写:有一个父亲,有一个母亲,生了四个女儿,嫁给五个老公。"

  "为什么四个女儿嫁给五个老公?"在座的人即刻问。

  这就是叫作文章!

  祝福

蔡澜顿首

亦舒:

  我的写作习惯是小睡之后,埋头到明天。刚才惊醒,梦见到黄霑在,你大哥亦在。原来他根本没有离开过香港,而是躲了起来。

  两人饮酒作乐,并以手提电话传呼最新女友二名前来,闻其名,原来是港姐冠亚,好生仰慕。

  我因瞌睡,拉开沙发床横卧。

  不一时,二女出现,且带三人乐队 Nagashi,载歌载舞。

  你大哥大乐,称如此乐土,安能弃之而去?

  我欲睁眼参加,但被睡魔侵袭,起不得身,恨未能消。

另有三名大师傅到会，烧新界盆菜宴之。第四名厨子是越南人，拿了龙虾灌为腊肠，蒸熟后上桌。

二女舞蹈，已达疯狂地步，尽宽衣。斯时你大嫂出现，手拿篱笆大剪，发出"Chop, Chop"之声，你大哥和黄霑遂落荒而逃。

祝好

蔡澜顿首

亦舒：

电话中问你大哥回不回香港，他说大门都懒得踏出一步，连女儿叫他到附近游览区走走也不肯。回香港干什么？

我说有海鲜吃呀。他回答旧金山的活鱼也不少，宁愿乘一小时巴士到唐人街去买。

到了美国，你大哥每天买菜做饭，其乐无穷。日本鲇鱼又肥又大，两条六块大洋，这种鱼内脏尽是肥膏，甘美无比，已啖数十尾之多。

又说美国有种农场鸡，黄油油的，拿来做烧鸟（一种日本料理）的烤鸡皮，吃得肥死了算数。不过价钱比起普通鸡要贵三四倍。

一只鸡能有多少钱？在香港吃一顿饭至少可以买一百只。又取笑他天天做日本菜吃，不如去开家日本料理，他大叫主意不错。

这样也好，每天快活，闲而著作，这是多么令天下作者向往的事！何必由我这个凡人，劝他重返俗世？

祝好

蔡澜顿首

亦舒：

想起年轻时曾经养过几只画眉，工作需要，赶到外地拍十天外景，交代好友人看着。但回家时还是发现它们的尸体。从此，连盆栽也不肯有一棵。

发誓万一有了儿女，一定要做一个全职父亲，朝九晚五的工作绝对不干，只能做做绘画者和卖文人，将事业当成副业才行。

至今我们并没有后悔。见到一早就把儿女送到外国的友人夫妇，还不是等于没生？

不管多迟睡，我照旧一早起身，焚焚香，写几个毛笔字，再游菜市场。时间，我还不够用，绝对不会孤独。

有儿女的人一直疲劳轰炸地告诉我乐趣如何。懂得欣赏京戏的人不断地说学问有多深。收集 Swatch 手表的说已有毕加索女儿设计的那一只。

各位有兴趣，尽管去试，别烦我。

祝好

蔡澜顿首

亦舒：

和你大嫂吃饭，话题当然离不开你大哥最近干什么。

你大嫂说整天除了煮三餐之外，什么都不做，大门一步也不出，除了买药。

但只有一次例外。那天你大哥兴致到来，称带太太去看金门大桥，你大嫂没去过，你大哥说："你开车，我看地图。"

兜了几个圈子还是找不到之后，你大哥看到一条路，说直走就是了，但你大嫂一看，是条单行道，不肯开进去，你大哥却大喊要直撞。最后只有由他，好在没有大货车进出。

到了金门大桥，泊车位满，你大嫂要停在远一点地方。你大哥又扭计，连几步路也不肯走，结果金门大桥只有看一眼作罢。

你大哥是给我们这班朋友宠坏的，查先生宠他，黄霑宠他，没有一个人不宠他，他便变本加厉，完全不讲理。

唉，这么一个妙语如珠，常惹人大笑，又语言常令人沉思的人物，不宠他，难。

祝好

蔡澜顿首

亦舒：

你写过：香港根本是仆街集中营，人人以仆来仆去为荣。没有得仆，就会倒霉。的确如此，认识的人没有一个不是忙的，忙些什么，有无成绩，都不要紧，最重要的是忙，忙才有点生存价值。

说也奇怪，香港人没一个不忙，但是要抽出时间的话，总是做得到的。有朋自远方来，再怎么样忙也会挤出空闲叙叙旧。

我想，香港人的忙，最终的目的，还是随时随地"不忙"的权利。

移民到远方的人，也忙吧，忙着去把时间浪费掉。

最近有个茶室要我替他们写一副对联，我看到地方畅阔，又把两层楼打通，楼底很高，至少有二十四英尺，七字对联不称，干脆写对十五英尺长的：

为名忙为利忙忙里偷闲喝杯茶去。

劳心苦劳力苦苦中作乐拿壶酒来。

祝福

蔡澜顿首

*蔡澜谈友情

人家为什么要和你交朋友呢?因为你诚恳、有料、很努力地做事情,当朋友一多,关系就来了,到时你便可以开始工作;没有人不喜欢勤劳的人,渐渐地,机会便会走到你面前。

★★★

每人都有优缺点,与人交朋友时,我们要看他好的一面,若你一直挖他的疮疤和缺点,只会让自己辛苦,也不会交到朋友。

★★★

淡化的感情会比较好。君子之交,可以发展到夫妇之间的互相尊重,最简单的原始基础,是以诚待人;不需要的时候,不要去做太假的事情,这样,就不断会有新的朋友、新的感情去发展。

★★★

为我的书画插图的人,叫苏美璐,是位不食烟火的女孩子。

样子极为清秀,披长发,不施脂粉,身高,着平底布鞋。

不知什么时候开始,我们之间产生了很强的默契,每次看到她的作品,都给我意外的惊喜。

像我写了墨西哥的一位侍者,她没见过这个人,但依文字,画出来的样子像得不得了，我拿去给一起去墨西哥拍外景的工作人员看，他们都把侍者的名字喊了出来。画我的时候，她喜欢强调我的双颊，样子十分卡通，但把神情抓得牢牢。

办公室中留着她一幅画，是家父去世后我向诸友鞠躬致谢的造型。全画只用黑白线条，我把画裱了，将旧黄色和尚袋剪了一小块下来，贴在画上，只能说是画蛇添足，但很有味道。

美璐偶尔也替《时代周刊》和《国泰航空杂志》画插图，今年国泰航空赠送的日历，是她的作品。

而美璐为什么住大屿山，她说生活简单，屋租便宜，微少的收入，也够吃够住的了。

我在天地图书出版的一系列散文集，因再版多次，可以换换封面，刘文良先生已答应请美璐重新为我画过，相信她会答应。

到年底，她与夫婿搬回英国，我将失去一位好朋友，虽未到时候，人已惆怅。

世界不止一隅

旅行时，带点无形土产

已经是旅行的世纪，交通发达，去什么地方都很方便，问题在于是不是说走就走。要是不走，一生什么地方也甭去。

最普通是拍张照片，证明到此一游，所以傻瓜相机卖得那么多，柯达和富士发达了，威（粤语词汇，意为显摆、炫耀）过一阵子，目前已被数码代替。

更普遍的是买些不管用的纪念品，纽约自由神像、悉尼树熊、伦敦火柴头御用兵，都是中国制造，你不想要，旅行团向导也会迫你买几个回来。

还是吃的最实惠，新加坡猪肉干、槟城咸鱼、曼谷榴梿糕，吃完了不会变成废物。

就是不明白为什么只看风景，不接触当地人？不看人家是怎么活的？

风景有什么稀奇？当今电视机，要看什么地方有什么地方：巴黎铁塔、荷兰风车、埃及金字塔，看得不要再看，虽说亲自感受不同，但对一般游客,只是一张明信片。旅行,最好的土产品,应该是回忆。

我时常说是人,不是地方。遇到的人,才值得令你想起一个地方。如果交了一个朋友,怎么坏的地方,都会变好;遇上一个扒手,风景再美,也印象不佳了。

原来人可以这么活的!在印度,人们扭一团面,搭在壁炉上,一下子熟了涨起,就能吃了,比吃白米饭快得多了!

原来人可以这么死的!在墨西哥,人死得多,把死亡当成一个节日来庆祝,葬礼才放烟花。死,并不可怕。

原来人可以这么快乐的!在西班牙,明天是明天的事,何必忧国忧民?下次旅行,带多点土产回来吧。

不一样的西班牙

日夜颠倒,是我最爱做的事。

写稿至天明,那种感觉是多么的自由奔放。友人相劝,要照顾身体呀,但他们为什么不要我照顾我的思想呢?

从小,就不喜被人管。父母亲的爱,是很沉重的束缚。别做这个,别做那个,一切都是为你好。

为我好,就得让我去自由发挥。

白昼和夜晚,只是一个自然现象。为什么一定要晚上睡觉,白天工作呢?

在报馆做事的人,怎么可能夜间休息?睡眠的时间,不能给我们一点选择吗?

自己也曾经跟着别人,患过思想太保守的行为。有一个清晨在东京筑地鱼市场,到一家小寿司店,遇到一个收工后饮酒的鱼贩,问他说:"为什么你一大早喝酒?"

老头子笑着反问:"为什么你到了晚上喝酒?"

我们的晚上是他的白天。这一个简单的道理，我当时就是想不通。

怀念住过西班牙的那段日子。西班牙人晚上十点多才吃饭，吃到半夜出街玩，玩到三四点才肯回家，休息一阵子，早上十点返工，中午午休时间特长，小睡，下午三四点再开工，晚上八九点回家洗个澡，又出来吃饭玩乐。

一切时间观念都是人为的，人为的东西最讨厌了。有一天，大家都不必朝九晚五，那多好。世界会混乱吗？我想未必，人类自然会调节出一个工作方式迁就人。电脑的发展，就是一个开端。

古人日出而作，日落而息，是因为没有电灯。现在的大都会的街灯照亮了黑暗，还有日夜之分吗？

日夜颠倒，身体疲倦了就休息。有一个不容辩论的好处，那就是绝对不会失眠。

***

社会一文明，白领阶层不值钱，出卖劳动力者的收入，比知识分子还要高。

通常，清道夫都是一群中年人，但是在西班牙，却是年轻人专有。

在路上，看到一辆垃圾车停下来，车上跳下了七八个青年，他们的口哨吹得极好，又大声。一面吹口哨一面狂舞，接着蹲下来把街边的垃圾拾起,后面的车跟来,大伙儿把废物扔在车里,再继续吹口哨向前跑。

而且,他们收拾垃圾多在晚上。

看到那群又吹又跳的大汉,实在开心,走过去和其中一个聊。

"喂,"他说,"你要跟我一块儿跑,我才能回答你的问题,不然,便要落伍了。"

"为什么要吹口哨?"我问。

"好听呀!"他拾起一个啤酒罐答道,"又可以向人们宣传不要随街扔垃圾。我们精力过剩,打这一份临时工,好过去迪斯科舞厅花钱,你说是不是?工作不忘娱乐,辛苦了还要唱歌,是我们的天性。"

人生必到的小岛

马尔代夫的四季酒店有四十九间别墅,管理人员则有四百人。养活四百人的大家庭不易,这么算,不会觉得太贵。况且一切食物和饮品都要由邻国输入,岛上可以自己发电和淡化海水。

游泳是主要的活动,不怕被巨浪吞噬吗?在小岛周围游泳是绝对安全,原因在海浪打在远处。被一团珊瑚礁挡住,酒店的周围,等于是一个巨大无比的游泳池。

其他的活动包括乘坐游艇出海看海豚。此处的海豚已把游艇当成卡拉OK,艇中播放音乐时,海豚就在你身边跳舞。

你还可以选择划玻璃底的小船,或者冲浪,等等。晕船的人可在岛上上瑜伽课,向大厨学习烧几味菜。游戏室中,有桌球可打,"大富翁"任借,但岛上只有"一千零一副"的麻将牌,好雀战的朋友最好自己带。有一个大图书馆,里面也有各种电影的DVD借用,每间房都有机器可放映,岛上,是不愁寂寞的。

如今,所有高级酒店或度假村,没有了SPA好像说不过去。这里的要乘一只小艇，几分钟就可以到另一个水疗岛去。

一间间的小室，里面设着按摩床，客人俯卧，下面开着一个玻璃窗口，可以看到不会咬人的小鲨鱼游过。

按摩当然有好几种，泰式、印度式、巴厘式，等等。但是去到任何水疗室，一定得雇当地的，马尔代夫的库达呼拉（Kuda Huraa）那个地方，综合了印度和马来技巧，是种新体验。但是如果你在泰国享受过此服务，其他任何地方的都不会让你满足。

酒店经理叫桑吉夫·胡卢加莱（Sanjiv Hulugalle），年轻英俊，迷倒不少欧洲游客，他亲自招呼打点，有什么投诉，即刻更正。

四天三夜的旅程很快过去，我们将飞吉隆坡，大吃中国菜去。

值得吗？值得吗？我不停地问周围的友人。大家的答案几乎一致："再也不必去次等的小岛海滩。人生在死之前，来一次，是值得的。"

离别时去看满月下的泰姬陵

我去过泰姬陵很多次。很多年前我去那里的时候,从孟买出发要坐五六个小时的车。现在你可以直接飞到陵墓所在的阿格拉。

你跟随一长队的游客,慢慢地到达大门,这是一个完全黑暗的巨大圆顶。然后,轰!突然间,你会看到这座巨大的白色大理石建筑就在你面前。不止一个,而是两个!另一个是水面上的倒影。这会给你留下难以忘怀的印象。

相传沙贾汗皇帝为他心爱的妻子建造了这座坟墓,并想和她一起下葬。这是假的!如果你有时间仔细探索阿格拉,你会在附近发现另一座未完工的坟墓。它是黑色的!皇帝想为自己造一座黑色大理石墓。

不管怎样,我们不是来上历史课的。如果你喜欢这个故事,你可以百度一下。

第三次到访时,我从早上一直待到黄昏。当我惊叹于夕阳将泰姬陵变成金色时,我的向导告诉我:"如果你在满月时看,它会更加美丽。"

我看了一下农历,刚好是十五。

"我去吃晚饭再回来。"我对我的向导说。

当我回来的时候,我看到满月正从泰姬陵后面升起。这使得建筑变得半透明。

这是我一生中见过的最令人印象深刻的景象!

我不想离开。

"虽然它很漂亮,但它仍然是一座坟墓。夫妻一起看满月是不吉利的。他们注定要分开。"我想,如果你深深爱着一个人,但出于某种原因,你不得不离开对方,在满月的时候把你的爱人带到泰姬陵,让导游讲述这个故事。

他或她会理解你,一切都会被原谅。

难忘曼德勒之路

我从不喜欢乘坐豪华邮轮。那些容纳数千人的新船。所有的房间都一样。每个人都冲到自助餐厅吃冷冻牛排,有时是冷冻龙虾,没有什么是新鲜的。

表演节目的都是二三流艺人。宾果游戏会让你变成一个老人。几天后你会感到恶心和疲倦。

小船会好一点,就像那些穿越希腊群岛的小邮轮。每艘船都有自己的特点。塔希提岛的邮轮也很棒,高更(Gauguin)到过的每个地方都有一个停靠点。

我最难忘的乘船之旅叫作"曼德勒之路",从蒲甘出发的一条内陆河游轮。它是缅甸最豪华的游轮之一。法国人称他们在东南亚的前殖民地为印度支那。这个名字本身听起来充满异国情调和诗意。

登上这艘船的那一刻,你会发现河流如丝绸般光滑。在这次旅行中,你永远不会晕船。

粉红色的日落和金黄色的日出。每天早晨,你都会在河边宝塔的锣声中醒来。早餐和正餐是热带水果和当地特色的盛宴。你可以上岸参观许多古老的寺庙,这些都可以在明信片上找到。你必须亲身感受的是当地人。

首先,你永远不会遇到像你在印度和东南亚其他地区看到的乞丐。为什么?之后你就会发现,如果一个人饿了,可以去缅甸的任何寺庙,那里都会有食物。食物来自普通人。给僧人送饭是缅甸人一生中最幸福的事。当然,僧侣不可能吃完所有的食物,剩下的食物会分给任何需要的人。

在漆黑的夜晚也有节目娱乐。其中一个节目被称为"惊喜"。如果有大雨或暴风雨,则无法进行。

如果幸运的话,你可能会看到一颗星星向你走来。然后是两颗,然后是三颗,然后是无数。满天星星。在你的生活中,你不可能近距离看到这么多星星。这是梦幻的。

我发现船上的所有船员都乘坐小艇逆流而上。在那里,船员点燃了数千支蜡烛,并将蜡烛放在香蕉叶制成的小船上,蜡烛像星星般,顺着河水流向我们,创造出这种梦幻的效果。

这是一个你永远不会忘记的迷人景象。

世界上最幸福的人

经常和我一起旅行的朋友们是"安缦迷",之所以这么命名,是因为他们爱上了这个酒店集团,发誓要入住这个集团的每一家酒店。

除了不丹,还有什么地方可以找到更多的"安缦"?

联合国的一项调查显示,不丹人是世界上最幸福的人。为了追寻乌托邦,我们从香港飞过曼谷,在达卡停留加油,最后降落在帕罗。

空气没有人们说的那么稀薄。我们在这个高山国家呼吸没有问题。应该担心的是晕车,因为所有的道路都是崎岖不平的。不丹唯一平坦的道路,肯定是机场的跑道。我们住的第一间安缦,是在不丹首都廷布。导游说是半小时的路程,但到那里用了两个小时。

不丹的所有安缦都有一个共同点,那就是你永远无法直接看到这座建筑,必须穿过一条美丽的山路,上坡下山才能到达那里。所有的建筑材料都是天然的,并在当地找到。排列坚固的石头以形成庭院。地板上覆盖着从附近森林砍下的松木。不丹有一条法律,砍伐一棵树,必须种植三棵树。

房间很宽敞,床很软。墙上有一个大炉子,你想烧多少松木就烧多少。中央有一个大浴缸。除了没有电视或任何现代电器外，一切都装备精良。你从未在任何安缦见过这些。我们睡得很好，早上，阳光透过窗框照进来，投下的阴影就像梵文经文。三餐都包括在内，我们可以吃西餐、印度餐或泰餐。食物没什么可评论的，我们不是去米其林餐厅。不丹是干旱国家的传言是不真实的。

酒吧里有当地的白兰地或威士忌可供选择，但只有啤酒很好。这里最好的一个叫二万一（Twenty-One Thousand）。

下一个目的地是岗提。想到崎岖不平的道路，我问向导需要多少小时。他说"六个小时"。这意味着至少需要九个小时，实际上需要十个小时。

景色相当单调。"砍一植三"的法律在这里行不通，我看到的大部分山都是光秃秃的。岗提在一个山谷里。我们经过了许多有很多鱼的溪流。你需要许可证才能捕鱼。不丹人不鼓励杀生，所以他们自己也不吃鱼。那天晚上在酒店，我们吃了专门从印度进口给游客的冷冻鱼。

我们向北搬到了普纳卡。普纳卡安缦是由一座古老的寺庙重建而成。我们不得不过一座吊桥，然后再转乘高尔夫球车才能到达。和岗提那间一样，也只有八间房，面积却大了三倍。

最令人难忘的观光景点是普纳卡堡。它建于1635年，经历了多次地震和火灾。

寺庙的佛像非常巨大。数以千计的红袍僧人在锣鼓声中齐心协力。这是惊心动魄的,有那么一刻你能感觉到佛的存在。

参观完寺庙之后,我们去野餐。

安缦酒店会把一切安排妥当,英式篮子配有瓷盘和水晶玻璃杯。食物非常好,要是没有苍蝇就好了!

不丹是一个多山的国家。普通人住在哪里?当然是在山上。由于没有办法用卡车运来建筑材料,只能由工人搬运。随着电视的到来,人们接触到先进社会的美好事物,渴望住进平坦的现代公寓中。房地产开发商蜂拥而至,但他们不得不遵守一项规定,要求所有公寓的门窗都必须是不丹风格的。这造成了不平衡的外观,我认为这很丑陋。

我们回到机场所在的帕罗。帕罗安缦位于深山中。你必须走很长的路才能到达入口。通往那里的小路被厚厚的松针覆盖,走起来柔软舒适。到那里我拿出一包包方便面,请酒店厨师烹调。他尝试了一口,立即被迷住了。

回到帕罗的主要原因是攀登"虎巢"。你可以骑一头驴到其中一座山上。但要达到顶峰,你必须自己爬两座高山。一路爬上去,看到景色后,朋友们可能会问:"值得吗?"历尽千辛万苦,你当然会点头回答:"是的!"

我遇到了一位不丹妇女,她正背着她蹒跚学步的孩子回家。她大概已经在稻田里工作了一整天。她抬头看着她家所在的小山,长路漫漫。她脸上的表情不是高兴,而是深深的无奈。

我应该在我年轻的时候来不丹。那个年代,一切都是美好的。

三十年威士忌配百万年的冰

我们从秘鲁前往布宜诺斯艾利斯,阿根廷的首都。

我的第一印象是,这里的林荫大道是世界上最宽的。市中心,每边十车道。它需要一个独裁者驱逐所有居民才能实现。

阿根廷首都号称小巴黎,但灯火阑珊,气氛阴沉。它远没有你想象的那么浪漫。不要为我哭泣。

我们住在四季酒店。当地导游说他们的牛排馆是最好的。肉的确很大块,每一块肉都和得克萨斯T骨牛排一样大。服务员从来没有问过你想要几分熟,每一块都是全熟,很好,非常非常耐嚼。

肉本身很好,至少我的朋友说。我想如果它很好,它应该作为最好的鞑靼牛排。当我向服务员提议,他看着我,好像我是个野蛮人!在接下来的几天里,我们吃了一份又一份的牛排,从街头小摊到最昂贵的餐馆。它们都硬得要命。

请原谅我对阿根廷牛排缺乏欣赏。如果你想要味道丰富的牛排,你应该在纽约尝试彼得·鲁格(Peter Luger)的熟成牛排。如果你想要柔软的、嫩的，你应该尝试日本三田和牛。我这样说是没有偏见的。

阿根廷的一种让我难忘的味道是他们的国饮马蒂。它是由冬青叶制成的。每个人都从一个像橙子大小的小碗里喝它。它是在朋友之间共享的，喝完了可以再加热水。味道很特别，我真的很喜欢。

我们在一家名为"La Brigadas"的著名餐厅用餐。墙上贴满了著名足球队的徽章。

领班不是用刀而是用勺子切大块牛排来炫耀。当隔壁桌的美国游客拍手时，我摸到了勺子的边缘，这是你能找到的最锋利的刀片！他们最好的葡萄酒是 D. V. Catena 和 Catena Zapata，都来自马尔贝克。它们就像匈牙利公牛血一样烈。

晚饭后我们去跳探戈。对任何到阿根廷的人来说，这是必须做的事。舞厅里挤满了像我们这样的业余跳舞游客，而不是阿根廷人。

离开大城市后，我们前往埃尔卡拉法特（EI Calafate）看冰川。

小船向着冰层驶去。首先你看到了一大块冰。然后更多。你最终得到了一个像岛屿一样大的东西。它是蓝色的。不是普通的蓝色，而是像海军蓝墨水一样的深蓝色。有数百座这样的蓝山向我们走来。

船长停止了引擎。他用一根长杆，巧妙地勾住了附近的一大块冰川。他把它切成块，然后把这些冰块放入威士忌酒杯里。我们将三十年的苏格兰威士忌倒入百万年的冰中。

这是我喝过的最令人满意的饮料之一。

如果你认为这座冰川很大,那么与佩里托莫雷诺最大的冰川比比,后者的面积是 267 平方英里[①]!

长长的木制平台围绕冰川建造,因此可以近距离观看。就好像天是冰,地也是冰。

我们乘坐飞机从上面看佩里托莫雷诺冰川。原来那是一条大河,流入大海,在那里遇到冷空气,就结冰了。我们从天空看到的冰川只有一颗麦粒那么小。

我们旅程的最后一站是伊瓜苏瀑布。我们飞越了比亚马孙大得多的无边丛林。一条大河穿过它。在河口处,水流变窄,形成许多瀑布从悬崖上直泻而下。

"看起来不大。"我说。

"等我们着陆。"飞行员喊道。

世界上最大的瀑布是位于赞比亚和津巴布韦边界的维多利亚瀑布,其次是尼亚加拉瀑布和伊瓜苏瀑布。伊瓜苏被岩石隔开,使尼亚加拉看起来是第二大的。但伊瓜苏比尼亚加拉高出三倍,犹如千龙从天而降。这是人一生必去的地方。

用埃莉诺·罗斯福(Eleanor Roosevelt)在看到伊瓜苏后的话来说:"可怜的尼亚加拉!"

---

① 267 平方英里≈691.53 平方千米。

追寻高更

我喜欢高更的画作和萨默塞特·毛姆（Somerset Maugham）的小说。我发誓要去塔希提岛，有一天我做到了。

我登上了一艘名为"保罗·高更"的小船，船停在画家保罗·高更曾经去过的岛屿。塔希提岛是法属波利尼西亚最大的岛屿，但人口只有13万。

除了湛蓝的大海和椰子树，没有什么可看的。顺便说一下，并非所有椰子的味道都一样。我都试过了，发现只有秦国椰子是最好的。面包果树随处可见。果实有篮球那么大。当地人把它们切成块，用椰子油煎炸或磨成面粉烘烤。有人说它尝起来像土豆，但我觉得它很平淡。淀粉是这里的主食。每个人都像高更的画上的一样矮胖。我经过一所学校，发现没有一个人瘦。

一些法国人移民到这些岛屿，与当地的女士结婚并定居下来。他们开了法国餐馆，相当不错。当你在那里时，你应该尝试一家叫作"Le

Coco's"的餐馆。

我去了高更博物馆。一切画作都是复制品，但你仍然可以在那里了解他的生活轨迹。我买了一块印有《两个女人》的布，直到今天一直在夏天用它作为纱笼。纱笼不容易缠在腰上。你可以买一个鲍鱼壳做的扣子，防止它掉下来。

是时候登船前往其他岛屿了。船长给了每个人一瓶香槟。威士忌和白兰地可以随意饮用。餐点是"西餐"，与法国或意大利的没有什么不同。如果你不喜欢和其他人一起吃饭，你可以享受 24 小时客房服务。

有无数的日出和日落值得观看。

我们接下来停在了胡阿希内岛——库克船长发现的一个岛屿。法国人不仅将他们的文化带到了这个岛上，还带来了他们的核弹试验。岛上开满了芙蓉花。每个人的耳朵后面都塞了一个红色的。我也这样做了。到处都是养鱼场。巨大的鳗鱼被当作宠物而不是食物饲养。

船在午夜再次航行。

我们到达了波拉波拉岛。詹姆斯·米切纳有句名言："每个去过那里的人都想回去。"现在我们真的在南太平洋了。它是最美丽的，也是真正的天堂。难怪"二战"后美国士兵来到这个岛上休养。

我们去了一望无际的白色柔软沙滩进行野餐和"摸鱼"。我们的水手将面包屑扔进清澈的水中，一群鲨鱼聚集在一起。不要担心。我们吃了它们的鳍,但它们从来没有吃过我们的腿。我们可以潜入大海去触摸它们。它们似乎很高兴。鲨鱼之后是刺鳐。它们会成群结队地包围你。你可以翻转它们来抚摸它们的白色肚子。它们并不介意。

回到船上,你可以观看绿色闪光。我们中很少有人见过它,也没有拍照。这是一种视错觉。如果你看一会儿落日,它会在你的眼球上形成一个偏差,其他的光线将被过滤掉,让一切都变成绿色。我试了试。我看见太阳变成了又大又圆的一块玉。

我们错过了参观马龙·白兰度(Marlon Brando)的岛的机会。他写道,当台风来临时,它吹了七天七夜。如果他死在那个岛上,人们将永远记住他,他是《叛舰喋血记》中的船长,一个年轻英俊的人,不是又老又胖。

接下来,我们来到塔哈岛,它也被称为香草岛。我们学会了如何种植这种植物。那里的香草非常便宜,你会想买很多来做几加仑的冰激凌。

最后一个岛叫莫雷阿岛。那里的主要生意是卖黑珍珠。我问了一个非常愚蠢的问题:"为什么世界上其他地方的珍珠是白色的,而塔希提岛的珍珠是黑色的?"

"因为我们的牡蛎是黑色的。"显而易见的答案。

是时候回家了。

米切纳是对的。我想再来。

我们与《卡萨布兰卡》的距离

如果你喜欢电影,你不会错过经典的《卡萨布兰卡》。卡萨布兰卡(Casa Blanca),这是一个刻在我脑海中的名字。当我还是个孩子的时候,我就迷上了,从那时起就想参观这个地方。最后,我和"安缦迷"一起上路了。

我们是怎么到那里的?首先,搭乘航班飞往迪拜,然后再飞八小时,降落在卡萨布兰卡。当然,Casa 的意思是房子,Blanca 的意思是白色。我们没有看到它们。这座摩洛哥最大的城市,古老又残缺。

我们直接去了使小镇闻名的 Rick's Café。据说一切都是按照电影场景重建的,但实际上却大不相同。甚至他们演奏 *As Time Goes By* 的钢琴也没有放在正确的位置。卡萨布兰卡原本没有 Rick's Café,直到一位在大使馆工作的美国女士退休并想出重新创建它的主意。这条消息发布在社交媒体上,全世界影迷纷纷捐款。这座电影爱好者的圣地于 2004 年竣工,此后一直蓬勃发展。

嗯，那里的食物还不错，但是干马提尼不干。没有汉弗莱·博加特（Humphrey Bogart），也没有英格丽·褒曼（Ingird Bergman）落入他的怀抱。我们不得不发挥我们的想象力。

街头食品既便宜又有趣。小贩带着一大批当地面包来了，顾客们试图用手指选择最大的。不适合卫生、胆小或注重健康的女士，但我不在乎。我点了一个，小贩切面包，切一个煮熟的鸡蛋。然后他加了奶酪。我以为是本地产品，但仔细一看，原来是法国的乐芝牛。

最好的餐厅叫作"Café Maure"。穿过蓝色的门，就可以看到一排排的民族厨具 Tajine。肉类和蔬菜在这个黏土容器中慢慢煮熟。你可以点到任何你喜欢吃的东西。我发现鸡肉很无味，但羊肉很棒！有一种叫作"大使"的饮料。它由甜枣、杏仁和牛奶制成。必须尝试。

第二天，我们飞往马拉喀什，这是一个沙漠小镇的真实例子。我相信每个人都在纪录片中看过它的夜市，但直到你在那里，你才能感受到它的浩瀚。有无穷无尽的食物供我们选择。我们吃了烤羊脑、牛内脏、从未见过的贝类。如果你有一个强大的胃，你会没事的。如果没有，想都不要想！最好的用餐地点是屋顶上的咖啡馆，可以俯瞰无数的摊位。告诉服务员你喜欢什么，他会拿过来给你。

进出这个世界上最大的夜市时，可能很难屏住呼吸。但是一定要试一试，因为马和驴的排泄物的刺鼻气味可能会让你心烦意乱。

你能想象在沙漠中种植玫瑰吗？自古以来，马拉喀什一直是沙漠中的瑰宝。一切都在这里繁荣昌盛。你可以扔一颗枣子，它很快就会长成一棵树。玫瑰园是惊人的！那里的人爱它们。

我们住在安缦的 Amanjena，一个以沙漠小屋风格设计的度假村。这些房间被称为"亭子"，一共有三十二间。比安缦最初规划的最多三十间房，多了两间。酒店四周环绕着清澈的水池。沙漠中还有什么比水更奢侈的呢？

第二天我们去购物了。大多数纪念品可以在其他地方买到，但摩洛哥坚果油不在此列。《纽约时报》称，它是世界上最好的抗衰老油。自从他们发表了一篇关于它的文章以来，每个人都蜂拥而至购买。

我买的另一件东西是 Djellaba。这是一件带兜帽的长袍。在我穿上它之后，朋友说我长得像邓布利多教授。当地人向我微笑，因为我尊重他们的文化。

老城区中心的咖啡馆，叫作"Le Jardin"，是个休息的好地方。晚餐在 AI Fassia 餐厅享用，该餐厅拥有种满大黄玫瑰的花园。由全女性团队运营，她们为我们做了美味的家常菜。我认为最好的选择是甜鸽肉煎饺。我强烈建议你试试。

我们现在与《卡萨布兰卡》的距离只差了钢琴和钢琴师萨姆。

印第安纳·琼斯的粉红大门

在去埃及之前，我摔断了腿。

我去过那里很多次了，没有什么可以探索的了。也许新博物馆建成后我会再去。

从那里我不得不再飞四个小时才能到达约旦首都安曼。当我们还是孩子的时候，在电影开始之前，电影院会放映一小段新闻纪录片。每当我们看到查尔斯王子模仿他的父亲，双手背在身后走路时，我们也会看到年轻的约旦国王，因为当时这个国家是英国的殖民地。现在，他们都是老人。

不过，约旦国王的工作比查尔斯王子更难。约旦没有石油。他不断受到来自伊拉克的威胁，必须与以色列保持友好关系。在他聪明的领导下，约旦人民成为中东的精英。

开车花了六个小时才到达佩特拉。腿断了，本来打算租一辆马车的，但弯弯曲曲的小路可能会把我扔出去，所以我选择了蹒跚前行。

步行实际上很容易，一路下坡，然后，砰！巨大的大门就在你面前，全是粉红色的！无论你在电影或纪录片中看过多少次，这种亲眼所见的震撼绝对不一样。

玫瑰门由艺术家雕刻而成，以赞美丰收。

离佩特拉不远就是著名的死海。一个人真的可以漂浮！适合腿部受伤的人！请注意不要让水碰到眼睛。它会让你痛得要命。

约旦是游客参观《圣经》遗址最安全的地方。我看到大部分游客都是美国人，他们都长得像伍迪·艾伦（Woody Allen）。

极光不是绿色的

我们想看北极光。还有什么地方比冰岛更好？

我的朋友廖先生有一架私人飞机。我们飞往乌鲁木齐。从那里到赫尔辛基加油，然后直接到冰岛首都雷克雅未克。

从飞机上往下看，一切都是白色的。雷克雅未克是一个小镇，到处都是五颜六色的小屋，看起来像用乐高积木建的。我们搬到了一家专门为看极光而建的木屋式酒店。每个人都带着他们昂贵的三脚架、长焦镜头、哈苏和徕卡。与这一切相比，我的 iPhone 手机看起来很不起眼。

最好的啤酒被称为"Gull"，食物没什么可写的，除了海雀肉，我以前没试过。后来我发现这也没什么好写的。

"今晚天气晴朗，"酒店经理说，"我们有一个很好的机会看到极光！"

"我认为我们不会那么幸运，"另一位客人说，"上次在芬兰我们等了三个晚上，连星星都没有！"他是对的，我们什么也没看到。

但在第二天晚上,奇迹确实发生了。

经理宣布:"光!光!光!"就像潜水艇艇长大喊:"潜!潜!潜!"

每个人都带着他们的装备冲进最冷的夜晚,兴奋得就像夏天一样。我们没有看到五颜六色的极光,而是一片片移动的白光。摄影师们都在抓拍,只有通过镜头,极光看起来才是绿色的。

但我们保持沉默。毕竟,我们一路来到这里,我们不能让其他人失望回家!

*蔡澜谈旅行

每个人的一生,生活方式都是很单一的,旅行就是让你看看别人是怎么活的,然后把他们的优点容纳到自己的生命里来。

★★★

一个地方的美好,不在于风景,而是人。有了电视和电影,什么古迹没见过?电脑网上的资料,比你看过更详细,当然亲见经历到底不同,但左右你对这个地方的印象,是当地的人。

到每一个地方都一定要懂得当地的历史背景,至少也要知道当地所发生过的历史事迹,对人民的饮食文化有何影响。例如由非洲至澳门都有虾酱,因为大家都经历过被侵略时代,都有这种外族遗留下来的饮食特色。真正的旅游人就要具备这些条件。

★★★

你可以在菜市场里看到当地人的生活水准,卖的东西有很多选择,生活水准还蛮高的。如果那里物资十分贫乏,生活并不富裕。当你知道当地售卖的肉一斤多少钱,那当你谈生意或是购物的时候,你心里就会有个标准,不容易受骗了,因为你可以从这里推算出当地的生活水准来。

★★★

二十世纪七十年代我们在巴塞罗那度过了非常美好的时光！伊比利亚火腿、西班牙银鱼和鬼爪螺，在当时的美食界都鲜为人知，而且价格合理。参观完博物馆后，我们在波盖利亚市场数公斤数公斤地买这些美食。我们在"圣家堂"（圣家族教堂的简称）旁边租了公寓，这样我们可以在有空的时候研究高迪(Gaudi)的作品。

言归正传。我们在那里拍摄《快餐车》，电影中需要为最后一幕建造一座大城堡。在探索了许多地点后，我们选好了一个，但城堡的主人伯爵夫人拒绝将其借给我们。

经过无休止的谈判，伯爵夫人终于同意见我。

"她是什么样的人？"我问我们的西班牙外景经理。

"她看起来就是一只吸血鬼。当你看到她时，你就会明白我的意思。"他回答道。

那天晚上，我被邀请到城堡和她共进晚餐。我满怀期待地来到大门口。他们自动打开门，对讲机上发出阴森森的命令声音："走到走廊尽头！"

前往餐厅的路似乎没有终点，我想象着我的脖子被钉出两个洞，鲜血喷涌而出。我打开沉重的门，看到一位瘦弱的老太太，她看起来和外景经理描述的一模一样。她伸出她那只瘦骨嶙峋的手，我像个绅士一样亲吻了它。她笑了。在我的脑海中，我可以看到尖牙!

桌上已经摆好了冷盘。

"你一定想知道为什么城堡是空的,"她说,"优雅的时代已经结束,现在的我,尽量远离人群。"

开了一瓶红酒。

"噢!"我哭着说,"塞拉丽亚酒庄的特索修道院罗马尼克!"

"喝吧,"她说,"我的地窖里有数百瓶酒,但已经没多少光阴让我把库存喝光。"

我感觉到一种悲伤的语气,然后说:"我们总有一天要走的。重要的是我们过着充实的生活。"她点点头。晚饭后,她拿出了一本相册。我看到她年轻的时候参加温布尔登网球公开赛、在金字塔前摆姿势、参观中国长城和威尼斯运河。

酒很甜,我们听着彼此的故事,开怀大笑。

"当我们认识彼此时,我们看起来并不那么可怕,你同意吗?"

我点点头,向她告别。获得了拍摄许可。

一天早上,我们拍摄的时候,在城堡里遇到了一位身着网球服的美丽少女。我可以发誓我以前在什么地方见过她。她走过来对我说:"我是来陪你的。奶奶告诉我,你是一个有趣的人。"

电影江湖

做制片人，是怎样的体验

人家问我："你是干什么的？"

"制片。"我说。

"什么？"

"制片，电影的制片。"

"什么叫制片？"这是必然的反问，"主要是做些什么工作？"

是的，什么叫制片呢？有时干我们这一行的人都搞不清楚。

最原始的定义，制片是由一个主意的孕育，将它构思成简单的故事，请编剧写成分场大纲，再发展至完整的剧本。同时间内，制片接洽适合此戏种的导演、演员和其他工作人员，计算出详细的预算。定了制作费之后，便开始制作。拍摄期间，任何难题都要制片解决。至于拍成，善后的配音、印拷贝，连海报亦要参加意见，一直到了安排发行，签订外国版权，片子在戏院上映为止，无一不亲力亲为。笼统来说，是校长兼敲钟人。

"那么邵逸夫、邹文怀等，算不算是制片呢？"有人问。

邵先生和邹先生各自拥有片厂，一年制作多部电影，无法对每一个细节都去花时间研究，就交给别人去处理，他们只做决定性的选择。通常，外国人称之为"电影大亨"。我们的地区，在广告和片头字幕里冠上"监制"之头衔。

"那么，监制就是老板了？"你又问。

这倒不一定。监制可能是一个维持电影制作水平的人。他们在故事和剧本上参加意见，控制制作费用，把完成的电影交给出钱的老板，自己领取监制费，或者在总盈利上分到花红，或者在制作费上参加股份。像《双响炮》就是洪金宝监制的。

"片头字幕上的出品人呢？那是什么？"

出品人倒多数是"出钱人"了。这些人有的懂电影，有的不懂电影，他们看中一个剧本，或一个导演，或一个明星，做出投资，其他一切却不去管，交给"监制"或者"制片"。片子上映时，总不能在字幕上写明"老板"，所以电影界发明了"出品人"这名称。

"制片既然不是出品人，又不是监制，那么他们的地位是很低微的了。"有的人还是不明白。

要是一个制片没有主见，受到老板和导演左右，替双方打打圆场，跑跑腿，这种制片的确很可怜。这种人不应该被称为"制片"，而只是一个大"剧务"。

"剧务又是什么呢？"

剧务应该是制片的助理,负责安排交通、饭盒、派通告通知演员集合的时间,等等,在一部电影的创作上,亦费了精力。

"制片要替老板控制预算,那不是非要和花钱的导演打架不可?"

导演和制片之间的关系,应该像个夫妇档。制片必须了解导演的创作意图,帮助他们,令导演想象力变成形象,化为现实。如果斤斤计较地在每一位导演的要求上讨价还价,那只有影响导演的情绪,妨碍他们的创作。

有些个性比较单纯的导演,以为一抓到拍戏的机会,便要求一切尽善尽美,不管投资者的死活,不顾预算的高低,明明不是重点的戏,也当主要戏目去拍,怀着万一片子太长,可以一刀剪掉的私心,拍个没完没了。这时候,制片要是不会全面性地顾及,整盘计划就要崩溃。所以,他必须向导演申明大义,防止导演的胡作非为。

反之,有的导演太注重预算,主场戏也马虎处理的话,那么制片必须请他们多下时间和心思去拍摄。花钱的不是导演,而是制片了。

应花的花,应节省的节省,这是制片必须做到的基本工作。这句话说起来容易,执行起来是非常困难的。哪里是界限?全凭制片对电影的了解是否足够,眼光是否远大。

导演也是人,有他们的自尊和信心。人都有犯错的地方,不顾及导演的情感而当面斥责,坏处必然反映在作品上。让这现象发生,是制片的错。故制片唯有和导演的关系搞得密切,一如新婚夫妇那么如胶似漆，又要在家公家婆面前搞得体面，才能得到亲戚们的赞赏。

"制片用什么水平去挑选演员呢？"这也是常被发问的项目。

答案当然是以哪一个演员的性格最适合那一个角色为基本。接着，制片要考虑到这个演员对卖座有没有帮助，这也非常现实的，不能自欺欺人的。

他们的片酬是否合乎预算，也是个头痛的问题。钱方面算是解决了，他们是否能够和拍摄日子配合？

被迫放弃某个理想的演员，心里只有阴影，但在无可奈何之下，必须和导演商量改用一名次要的，考虑采用新人。

用新演员是一种极大的赌博，需要勇气和胆色以及眼光。他们的片酬是相对低了，时间上也容易控制。但是花在磨炼新人上的金钱、时间和心血，到头来你会发现和请既成名的演员是一样的。但是在卖座上的风险也大了。不过，培植一个新人冒起，那种满足感是无法去形容的美妙。

"制片用什么水平去挑选工作人员呢？"

这主要是靠经验了。

在一部片子的制作过程中，你会发现一组工作人员中常有些庸才。

制片将把这些人过滤、淘汰，剩下一组精英，一人身兼数职。热爱电影和相处随和的工作人员，能影响片子的进度，以及拍摄中的愉快气氛。整组人是个巨大的齿轮,任何一处不对,都能拖慢制作,破坏片子的旋律。

有的副导演和服装师是死对头,但两人皆为一流高手,那制片就要自掏腰包请他们喝老酒,猜花拳。

喝酒不一定行得通,因为有些平常很乖顺的工作人员,醉后必然大打出手。这种情形之下,只好带他们去娱乐场所啰。

在本地工作还好,但一组人到外国拍戏,一拍就是一年半载,那么,什么人性缺点都暴露出来,本身就是一部恐怖片,一个疯人院。

这时候,唯有容忍才能解决问题。容忍更是最难做到的,到了外地长住下来,缺点最多的往往是制片自己。

"如果你有选择,你愿意当出品人呢,监制呢,还是制片?"朋友问我。

我的答案还是当制片。

不懂电影,出钱的出品人和银行贷款没有什么分别。懂得电影,做重要决策的出品人对一部电影没有全面性的照顾,感情也跟着减少。

监制和制片其实应该是一体的。

制片的工作更详细地分析是非常非常的繁杂,先要了解整个电影界的局面,知道外国和本地的市场,他们还明白片子发行的途径,那又是一门很深的学问。

他们必须取得出品人、导演、演员和工作人员的信任。每一个人都有自己的脾气，把一群发了电影狂热的疯子集合在一起，而令大家不互相残杀，变成一体地工作，是个艰巨的任务。

投资者有时会做匪夷所思的建议，制片需要坚决地站在自己的岗位上，不卑不亢执行自己的工作。成功了不能骄傲，失败了要勇敢地承认自己的错误。

制片应该也会导演。至少，他在谈剧本时必须和导演一块儿将一场戏在脑中形象化，判断是否得到预期的效果。至少，他在整个剧本里必须和导演一块儿在脑中"看"完一出戏。

制片应该每天看导演拍摄出来而未完成的影片，并且要会将一个个零碎的镜头组织起来，了解这场戏是太多或是缺少了什么镜头。

"我们在这里加一个特写，是不是更有力？"制片问导演道，"当然，还是以你的意见为主，由你去决定。"

如果导演还是一意孤行，那你又知道少一个特写不影响到整体的戏时，制片只有装聋作哑。

但是，这个特写是决定性地会令整体的戏更好时，制片必须坚持。

坚持也是很难的，与导演争论得脸红耳赤是低招，命令更是低低招。

最好是说服摄影师、灯光师，甚至于服装道具，让他们向导演左一句右一句，到最后让导演来和制片说："这个特写是我自己也要加的。"

"制片不是生下来就会的,要怎么样才能当上制片?"对电影有兴趣的年轻人问。

当制片没有什么学校教的,只要有志向和累积的学习。制片最好由小工做起,先是场记、副导演,或是由剧务的跑腿,行内所谓的"蛇仔",慢慢升到剧务、助理制片。他们要懂得电影制作中的每一个过程,摄影、灯光、服装、道具、剧照、化装等等,才能略有当制片的资格。

在这过程中,制片了解了各部门所需的器材和它们的性能。单说摄影,制片就要知道什么情形之下用大机器米却尔,什么情形之下用小机器亚里飞斯。亚里飞斯也分二C号者,只可拍摄事后录音片子,因为一开机就吵个不停。三号和BL型就能同步录音,它们很静,但市面上没有几副,制片要能一个电话就打到可以租赁的地方。什么情形之下,可以说服导演和摄影师用二号机,什么情形之下,移挪制作费去租昂贵的沙龙公司代理的潘那威信机。

镜头有快慢,夜景时用快镜头可以省下灯光器材的租金和打光的时间。这时候,是否要配合采用感亮度强的底片?底片之间,要用柯达的还是富士的?后者较便宜,但需要考虑和整部片的色调是否统一?微粒会不会太粗?底片经过时间储藏将有褪色的现象吗?这又要涉及黑房冲印技术了。哪一家最好?哪一家能够帮助摄影师"推"高一个光圈或两个光圈，而微粒照样不变？这一家黑房，能不能够做到摄前曝光或摄后曝光，以让片子有一种朦胧而怀旧的效果？本地不行，是否拿去东洋或东京或东映现像所？寄到澳大利亚，或者英国兰克，或者好莱坞的电影实验室公司？他们的价钱要比本地黑房贵多少？我们是否有这种时间和金钱上的预算？进一步，又关联到是用新艺综合体拍，或者是用标准方式？用标准方式，是用一比一点八五，还是一比一点六六？前者太过窄长，重叠中英文字幕占去太多的画面，还是一比一点六六比较适合我们的电影，一点六六的画门和磨砂玻璃难找……

制片人多数有个悲剧性的宿命。人生注定有起有落，所制的电影赚个满钵的时候当然意气风发，但一连三片不卖钱的，就没有人问津。聪明的制片人多数先搞好发行和经营戏院，变成所谓的"电影大亨"。如果你做不到，那你要学会在低潮时还默默耕耘，静观自得地挨过这个难关。最好有个副业，像写写专栏。

上面所讲的只是些个人的唠叨，大部分只是吹牛。做制片我还是个小学生。

本地杰出的制片人不少，希望他们完成我办不到的心愿。

作为电影监制的最大乐趣

作为电影监制的最大乐趣,就是把电影当成一件大玩具。

在我刚到香港的时候,传统妓院(也就是"青楼")已经被封禁。我在很多长辈的口中,听过不少关于香港石塘咀青楼的趣事,令人向往。那时候,我就决定制作一部关于青楼的电影,名叫《群莺乱舞》。

导演区丁平是我亲自挑选的。他原本是一位电影美术指导,他做事巨细无遗,在电影开拍之前,他把所有相关资料都研究个透,并在嘉禾影城里搭建了整个青楼的场景。

我们搜集了一席二十道菜的青楼菜谱,细心地将之重新设计并重现在观众眼前,当中还有几瓶年代久远的轩尼诗白兰地。这部电影选了当时最漂亮的女演员来主演(包括:关之琳、利智、刘嘉玲等),为这些女士设计长衫,对我来说是极大的乐趣。

戏中一位有钱的嫖客,我邀请了好朋友来出演。当时好友已经成名,经常出现在不同的电视节目中,也在报章、杂志写专栏。

这场戏将会拍摄一整晚,当我看到一切准备就绪,我便回家了。

当晚半夜,我的电话响起来了。

"您的朋友喝光了四瓶白兰地,现在不省人事了!我该怎么办?"导演区丁平焦急地求救。

"你以前没看到过嫖客喝醉吗?"我冷静地回答他。

沉默片刻,区丁平如释重负地说:"我知道怎么拍了。"

好友被一群女孩逗弄取笑,成为这部电影经典的一幕。

在佛门圣地拍电影

很多年前,我根据中国传统小说《水浒传》监制了一部电影。其中一幕就是武松打虎。我们做了一些研究,并在泰国找到了一只老虎。这只老虎客串过很多泰国电影,在当地已经算是明星了。我们到了当地的丛林,丛林里有一座在山上的庙。

周围村落的孩子都慕名来看它。这老虎看起来很友善。

我问:"它喜欢小朋友吗?"

"当然,"驯兽师顿了一顿,接着幽默地说,"为了食物。"

现场一切准备就绪,随时可以开始拍摄。

突然之间,天上乌云密布,狂风大作。录像机也失灵了,老虎更兽性大发。一切都变得一团糟。我们无奈地停止拍摄,我也开始慌乱。我无能为力,只急得团团乱转。当地的制作经理看到我焦急的模样,便对我说:"这里是佛门圣地,当你来到这里工作,为什么不去庙里参拜一下?"

这时的我无计可施,参拜似乎是个好主意。我带着供品爬到山上,眼前出现了一座我有生以来看到过的最小的寺庙。佛像是用石头雕的。寺庙的天花板被风吹走了，佛像每天经历风吹雨打。佛像的面容和神态已经被侵蚀得模糊。一般来说，信众都会为佛像镀上金箔，但这座没有。这里香火一定稀疏，没有人前来供奉。

我跪在佛像前面，并开始讨价还价："我不是佛教徒，也不信神。我来这里，只求电影拍摄顺利。如果真的有神，请在十分钟内给我点启示，否则我就离开，不在这里浪费时间。"

十分钟过去了。我也清醒了。

这世界没有奇迹，但佛像的神态，深深地刻在我脑海里。

我对佛像深深作揖，然后就回到拍摄现场。

导演在怒吼，工作人员围着我，不停地问："现在怎么办？现在怎么办？"

我默不作声，只是面无表情地看着他们，跟那佛像一样。所有人渐渐冷静下来。之后，奇迹发生，天空开始放晴，老虎变得温顺，录像机突然又复原了。我们顺利地把这场戏拍好，再也没有遇到任何麻烦。

我们沿着山路离开的时候，再次经过那座破庙。一道阳光洒在了佛像之上，我仿佛看到他在微笑。

艺术良心

在我四十年的电影工作生涯，我遇到过无数导演。他们每一个都是怪物。

以前，导演的形象是挂着墨镜，戴着贝雷帽。一整天抽着大雪茄，身旁总有一个对讲机，坐在一张凳子上，背后写着"导演"二字。之后，导演的形象变成长发嬉皮士，穿着牛仔裤，形象一点都不权威。但他们都有一个共同点，就是为达目的不择手段，他们可以牺牲任何人，甚至是亲妈。

怎样成为一个导演？有些是红裤子出身[①]，有些是正统电影学院毕业，更有些是凭着他们的个人专长成为导演。当功夫片最流行的时候，连龙虎武师都有机会成为导演。曾经有一位台湾地区导演，当日本摄影师告诉他拍摄当天差了点"色温"，那位导演就大发脾气。"色温"是靠光源来调节的。蜡烛可以带来偏暖、偏红的光，正午的阳光则会

---

① 从底层的场工、剧务做起，有丰富的基层经验。——编者注

带来偏冷、偏蓝的光。那时候天仍亮着，那位龙虎武师出身的导演不明白为什么摄影师不能拍摄。他以为这是灯光设备所引起的问题，便转向制作经理，命令他说："明天你多带点'色温'！"

传统的导演最喜欢大喊"NG！"，意思就是"No Good！"当他们走进摄影棚，导演为了显示他的权威，即使演员的演技很好，也会刻意地喊"NG"。拍摄外景时，如果天气不好，他会下令停止拍摄。不过，就算天气再好，他也会停止拍摄。一个年轻的助理无奈地问道："为什么？"

"云的位置不对，你这傻子！"导演怒骂助手。

年轻的导演们会用双手制作一个无形的方框，并在他们走进演播室的那一刻大喊："从这里拍摄！"老派的欧洲导演习惯一镜到底，称作"大师镜头"。从那里你开始越来越紧地拍摄，将它们编号为1，3，5，7，9。一侧的拍摄完成后，你从另一侧拍摄时修改了角度，并将它们编号为2，4，6，8，10。

由于缺乏经验，年轻的导演经常会忘记拍3或8，然后一切都要重新开始，这时候摄制组就骂声震天，"满地爹娘"。

工作室制度也有一些好处。我们这些监制，在导演前面看到了样片。样片是电影未经处理和剪辑的版本，将不同镜头拍摄的影片拼接在一起，并不按顺序。

经验丰富的制片人可以看看这个故事是否讲得妥当，并会命令导演补拍。

举个例子：一个反派被警察追捕，他爬山逃生，跌倒身亡。

反派爬上来的全镜头。

他用假人摔倒的全貌。

他死了的镜头特写。

我们会要求导演添加一个反派脚踩松动的石头的特写，然后是他尖叫的特写——"啊！"，这是让场景变得生动起来的方式。

一些新生代导演的问题是他们很少读书。他们从其他电影中吸收了一些片段，这使他们的电影成为二手的。这就是为什么你厌倦了所有这些特效电影。艺术电影可能很无聊，但它们有自己的观众。如果你决定制作它们，你必须了解它们的局限性。不能指望把一部艺术电影拍成票房大片。我总是向导演解释这一点，但他们从不听。

我在邵氏的时候，我们一年拍四十部电影。当时作为一个热血的年轻电影爱好者，我问老板邵逸夫："如果我们一年拍四十部电影都赚钱，我们就不能拍一部有艺术感但会亏钱的电影吗？"

他笑着回答："如果我们拍了三十九部赚钱的电影，一部不赚钱的电影，为什么不拍四十部都赚钱的电影？"

"作为电影制片人，你没有艺术良心吗？"香港影评人问我。我笑着回答："我是有良心的。我的良心是为电影业的投资者赚钱。"

好莱坞的电影之道

一说到好莱坞电影,即刻有拍戏不择手段,只要赚钱就是的印象。的确如此,叫好莱坞做亏本生意,不如把他们杀了。

但是,好莱坞也爱才,有天赋的工作人员都被他们吸收,不分国籍,也不分人种,包括中国台山的摄影师黄宗霑(James Wong Howe)。

什么题材卖钱,就拍什么戏,爱情片看腻了,就拍动作电影。什么,当今人只爱看漫画?当然用漫画题材来拍,包括所谓"超级英雄",赚个盆满钵满。卡通式的表现方法看腻了,制片家们又即刻转型,因为他们知道观众在进步,他们也非得跟随观众进步不可。

最明显的是《蝙蝠侠》,由有思想的导演克里斯托弗·诺兰(Christopher Nolan)来拍,把阴暗的人性注入,即刻又开创出一条新路来。制片家们有先见之明,也有胆识做试验性的投资,因此好莱坞才能生存。

再举个例子,之前有两部电影,一部是《终结者:黑暗命运》,

一部是《小丑》。前者做个保守预估，由于之前已经有五部系列作品创造了成功的票房纪录，又有最初的大导演詹姆斯·卡梅隆（James Cameron）肯出来支持，知道在特技方面一定没有问题；加上原有的演员阿诺德·施瓦辛格（Arnold Schwarzenegger）和琳达·汉密尔顿（Linda Hamilton）上阵，以为一定有把握。但没想到得来的是一场灾难性的票房惨败：用 1.89 亿美元来拍，只获得 1.35 亿美元的收入，扣除发行费，一共要亏本 1.3 亿美元。

原因是什么？制作班底和演员一样，都垂垂老矣。观众对打打杀杀已经看得生厌，在那么多特技镜头的疲劳轰炸之下，就算有 3D 效果，加上立体音响，也看得直打瞌睡了。

反观另外一部《小丑》，只用 5500 万美元来拍，票房收入超过 9 亿美元，打破限制级电影的史上票房纪录。

这又是为什么？答案是新的尝试、新的角度、新的演绎方式，加上演员高超的演技。《小丑》是二〇一九年度最好看的电影。

在走进影院之前，我听到许多观众的反馈，说这是一部非常阴暗的电影，看了令人不快至极，得做好心理准备。但看了就知道它根本不阴暗，像是针对当今社会的写实片，也许是我们这些观众的心理已经和电影一样阴阴森森了。

故事发生在哥谭市，那里的人们都近于疯狂。小丑这个人物虽是《蝙蝠侠》中的一个喜剧性配角，但他是一个活生生的现代悲剧主角。剧本很仔细地写出他是怎么一步步变成疯子的细节：贫富悬殊的环境，母亲变态式的欺凌，大众电视节目主持人的利用和嘲笑……小丑本来是准备自杀的，结果被逼得一枪打死主持人。

编剧水平高在说故事时，把现实和幻想交叉叙述。比如小丑向邻居女子示爱，如真如幻的手法令观众也和主角一样陷入疯狂的状态。

小丑的行径已渐渐地得到疯狂群众的认可，当他是英雄般追随了。

小丑本身是善良的，他不会无缘无故地杀人，他放过了那个比他弱小的侏儒。他只是你我中的一个，错不在他，这才是这部电影的主题，也是这部电影可以得到那么多观众的认同，让他们买票走进戏院的原因。

最初，好莱坞为何有那么大的勇气来拍这么一部在普通观众看来"小众"的电影呢？

俗气点分析，这是非常便宜的投资！当所有由漫画改编的电影，像《自杀小队》，得用上1.75亿美元来拍时，《小丑》只花5500万，亏本也亏不到哪里去。何况主角华金·菲尼克斯（Joaquin Phoenix）有一批死忠的观众。他在《角斗士》中演疯狂的皇帝，已给人留下深刻的印象，后来出演的《她》和《与歌同行》更奠定了他的演技派地位。为了出演《小丑》，他减掉了将近二十五公斤体重来为这个角色做准备。

好莱坞的另一个缺点，是用包装来保护投资，一切要往大里做。拍这部戏时，导演本来要让马丁·斯科塞斯（Martin Scorsese）来当监制，这样一来可以拉到他的好拍档莱昂纳多·迪卡普里奥（Leonardo DiCaprio）做主角。

好在有导演托德·菲利普斯（Todd Phillips）的坚持，认为主角非华金不可。他的诚意又感动罗伯特·德尼罗（Robert De Niro）来当配角，这才让这部片子开拍。

好莱坞是群魔所聚之处，也是人才的发源地，美国人将好莱坞电影当成一个重要的产业来做，这是其他国家不能够代替的。当今许多好莱坞电影中都有国人投资的影子，但只限于《终结者：黑暗命运》这样的结局。大家都知道没有一道成功的方程式，但还是把头埋下去。

科幻电影

首先，我们应该把"科幻电影"和"特技电影"分开来谈，它们有什么分别呢？

前者探讨未来的太空旅行、机器人、外星人和人类生存的预言；后者较为天马行空，任何题材皆行，只靠特技取胜，没有前者的深奥和忧郁。

代表前者的是库布里克的《2001太空漫游》，在计算机动画技术还没有成熟的当年，已能用电影最基本的技巧，拍出令人惊讶的画面。镜头永远那么长，让观众慢慢看，怎么观察，也找不出任何漏洞。

反观当今的特技电影，像最新的《变形金刚3》，用短得不能再短的镜头来遮丑，就知二者的分别了。

怪不得斯皮尔伯格和卢卡斯等大师，都要向库布里克致敬，称此片为"母亲"，所有的科幻电影都是她的儿子。

大儿子应该是《第三类接触》，制作费浩大，态度认真，连法国大导演杜鲁福也被请来演一角。外星人的太空站出现时，的确叹为观止,但到底少了一份诗意。

小儿子是雷德利·斯科特导演的《银翼杀手》。比较成功,拍的是科幻片中的机器人,和它的杀手,格调很高,又承继了侦探片阴森森的传统,是非常杰出的作品。

至于卢卡斯的《星球大战》系列,也只是属于特技电影,不能归纳在科幻电影之中,这包括了詹姆斯·卡梅隆的《阿凡达》。

"母亲"的祖先,是乔治·梅里爱的《月球旅行记》,黑白默片的画面。影片中,人类把一颗大炮的子弹,打到带有表情的月亮脸上。还有《大都会》的女机器人,至今还是复活着的经典。

从二十世纪三十年代到五十年代,拍了不少低成本的科幻片子,像《笃定发生》《地球停转之日》《世界大战》等,其中佼佼者是《海滨》。探讨的是核战争问题,是大导演斯坦利·克雷默的作品。

至于《金刚》《隐身怪人》《海底两万里》和雷·哈里豪森的一系列冒险片,都是属于特技电影而已。

但是同期拍的《禁忌星球》《天外魔花》《它们!》,虽都是B级片,皆可挂进科幻电影的经典之中,这也许是影评人的偏见。

与《2001太空漫游》同年代出现的,有《人猿世界》,此片有数部续集,当今又有人翻拍,是个好题材,但注重的只是怪异,不如杜鲁福拍的《华氏451》那么意义深长,升华为科幻电影的典范。

没有特技、小成本的《绿色食品》,描写未来世界中,食物短缺,老人被送进工厂，人们一面看着美好的一切，一面让老人安乐死，并当成粮食。拍得非常之震撼，是科幻片中不可错过的一部作品。

很少人提及的，是一部由印度大导演萨蒂亚吉特·雷伊在二十世纪六十年代拍的《异形》，讲一个小孩和一个外星人的友情，史蒂文·斯皮尔伯格的《E.T. 外星人》，也许是受到他的影响。

很多科幻片都是改编自作家的小说，从法国作家儒勒·凡尔纳（Jules Verne），到英国的亚瑟·克拉克（Arthur C. Clarke），从赫伯特·乔治·威尔斯（H. G. Wells）到艾萨克·阿西莫夫（Isaac Asimov），当然也少不了雷·布雷德伯里（Ray Bradbury）。但是改编得最多的是美国的菲利普·迪克（Philip K. Dick）。自从他的《银翼杀手》成为经典之后，接着他的科幻小说还被陆续拍为科幻电影的有《全面回忆》《冒名顶替》《少数派报告》《记忆裂痕》《黑暗扫描仪》《预见未来》《命运规划局》，非封他为科幻小说之王不可。

有些小说家并不承认自己的作品和科幻搭上什么关系，如我的一位好友，他说他写的只是一些以外星人为题材的小说而已。

"母亲"《2001 太空漫游》至今已有五十多年了，无人超越。

配音是一种怎样的体验

读者来信称对电影的配音深感兴趣，要我多讲点这一方面的东西。

让我们谈一谈什么是配音。

我想最原始的配音是在默片时代吧。银幕上放映着男女拥抱的场面，在一旁有个小台子，后面站着一个人看着银幕，跟着男主角的口型，大喊："我爱你，我爱你。"

这个人我们叫他为旁述，广东人称之为"解画佬"，日本名字为"弁士"。

遇到中国片子，画面和画面之间出现字幕，解画佬根据画面和文字忠实地讲解给观众听。但是碰上西片，解画佬对英文字幕一知半解，或者完全不懂，就按照在电影表面上看到的东西以自己的理解去说明。反正每晚都是同一部戏，熟能生巧，讲得口沫横飞，有声有色，到最后变成一个与原来剧本完全不同的故事。

出色的解画佬的声技能够令观众入迷。同一部电影给不同的人讲解，效果差个十万八千里。有时解画人的名字也登在广告海报上，比外国男女主角的还要大。如果这家戏院的老板孤寒（粤语词汇，指吝啬），不肯多给工资，解画佬东家不打打西家的时候，观众也会跟着他去，令这家戏院的生意一落千丈。

有声电影出现之后，这些解画佬便随着时代消失了。电影史上从来没有他们的记录，但他们对电影事业也有过贡献。

在东京浅草雷门的后巷中，还可以看到一个小坟墓，里面埋葬的并不是死人，而是解画佬的声音。石碑上刻着"弁士之墓"四个大字，几行小字记载各个出众的解画佬，有些还活到今天。

目前的电影，纪录片还是需要解画佬的，不过他们已不站在银幕之前，而只是在片上配上一条声带。许多纪录片因为旁述讲得不好而失败。有些例子是解画佬能使片子起死回生。先天条件当然是要旁白写得好，再加上一个熟练而活泼的声音，往往能使一部纪录片锦上添花。

可见声音对一部电影是多么地重要。

最初的有声剧情片，都是同步录音的。

何谓"同步录音"呢？简单来说，演员在表演的时候，以摄影师拍摄他们的动作，以录音机录下他们的声音，两台机器配合呼应地同时将动作和对白记录下来，便叫"同步录音"。

至于技术上和机器功能上的细节，太过专业，我们这里不赘述。

举个例子来说，我们看到周璇演的《马路天使》，便是以同步录音拍摄的，我们听到的，的确是她本人的声音。

但是，在目前一般的港台电影，拍摄时不录演员的对白，等待片子剪接完毕后才叫别人配上去，这叫"后期录音"，也称"配音"。

"能听到演员自己的声不是好吗？"你说，"何必去配呢？"

这个问题提得好。

的确，我们是应该看到由什么人演，就由同一个人讲对白的电影。

我们的电影由美国输入了有声的技术，就保留着这优良的同步录音传统，甚至在电视上看到的粤语残片的新马仔、冯宝宝，都是他们自己的声音。

同步录音要求演员记牢对白，要求他们发音清晰，要求声音中有感情，要求有真实感，要求生活化，要求震撼力，要求语调上的韵味，要求略带瑕疵的方言腔。要求的东西，数个不尽。

歌舞片兴起时，对白极少，都是音乐，在现场上没有办法一个镜头一个镜头地断断续续同步录音，便事前将一首歌曲录成一条声带，在拍摄时播出来，演员跟着歌词张口闭口，这叫"放声带"。

黄梅调片子衰落后，崛起的是武侠片和功夫片，同步录音更是不可能了，因为当时的阿猫阿狗，只要会打，第二天便成为巨星，他们的普通话当然不是每个人都讲得好。所以掀起了后期录音的浪潮，放弃了同步录音的传统。

这个现象,一直流传到今天,观众再也听不到演员自己的声音,多么可悲!

配音的过程是怎么样的?

把导演剪接好的片子,分段地剪出,然后接成一个很大的圈子,在放映机上重复地放映。配音员坐在银幕前,跟随着画面中演员的口型,配上对白。放映室后有台同步的录音机把声音录起来。

我们现在还是用这个落后的办法,先进的地方已经用"乐与滚"的放映机,可以控制片子前进或退后,随时放映任何一段戏配音。中间发音不妥,也不必由头来起。

配音这个行业不是容易干的。配音员的工作环境永远是在黑暗中。每部电影不管制作费是多么浩大,比较上给他们的钱少得可怜。而且总是要赶着上映而夜以继日地配。就算不急上片,为了节省录音室的租金,都要配音员以最快的速度完成工作。

每一组配音员都有一个领班。领班不只是领导一群配音那么简单。有场记详细的对白本当然是好配一点,但是记录得不清楚,那领班还要成为编剧,创出对白。尤其是将粤语翻成普通话的时候,某些导演和编剧根本不熟用普通话,就要看领班是否能将对白弄得传神。

熟练的配音员能帮助木讷的武打演员的演技,但是他们戏配得多了,少不了有点职业腔,有些导演会要求新人来配,新鲜感是有了,却少了感情。

小孩子的声音多数是女人配。胡金铨导演的一部片中有个老太婆的角色却用了男声才像。卡通片的尖声，有些配音员能自然地变腔配上。他们的音技是多姿多彩的。

佼佼者之中有已故的张佩山，李小龙的声音便是他的。毛威去了新加坡发展。在香港的有唐菁、张佩成、焦姣、小晶子、乔宏、李岚，等等，后起之秀是张济平。

唐菁配音很认真，他一定要在对白本上做三角形或圆圈的记号，以表示何处加重语气，只有他一个人看得懂。

有一次大家恶作剧地胡乱在对白表上打叉叉，害得他也看个老半天。

其他配音员都笑到由椅子上跌下来。

我对配音这个行业是尊敬的，但是我反对整个配音制度。

动作片带领港台电影进入国际市场，可是也让我们养成配音的恶习。我自己沉迷其中。以前和美国合作拍戏，一切动作都完美，导演却喊NG，我问其故，导演说声音不好，我才醒觉。

在英语系的片子中，要是演员的声音由别人配，就不能在影展参加竞选，因为，理所当然地，声音是演技的一部分。

试看我们的金马奖男女主角，哪一个是用了自己的声音？

近年来拍的几百部港台作品，来来去去都是那一小撮人配的音。

有一年，杨群和柯俊雄都有片子参奖，杨群主演的落选，但是由他配音的柯俊雄却成为影帝，岂非讽刺？

柯俊雄的普通话说得不准，但是在《香江岁月》中的同步录音，没有影响到观众对他的印象，反而令他的演技更进了一步。

后期录音是落后的。演员水平降低，他们变成不必在语言上下功夫，变成不记对白也行，相当于战场上一个把枪丢掉的兵。

是的，市场在缩小，人力物力价钱提高，拍一部同步录音的戏，要加一成以上的制作费。但是有声电影的初期，也不是照样挨下去！当时的厂棚防音设备还是不够，白天拍戏，车子经过要NG，只好晚上静下来的时候拍，但一下雨又是NG，好歹等到雨停了，岂知蟋蟀和蝉声大作，又要泡汤，但还是挨下去！再与现场录音的电视片集一比，配音更显得逊色，不可否认同步录音带来了强烈的真实感。好在还有些有良心的演职员要求配回自己的声音，叶童就是一个坚持这个原则的人。她的声音一点也不好听，但是那么自然、顺耳、有感情。在中国香港、中国台湾、星马（指新加坡和马来西亚）的不同市场要求下，粤语、普通话配音员能够生存，何况尚遇有外国片配。但是，配音制度，我却希望它早日灭亡。

论李安

终于在戏院中看了 *Life of Pi*，中文名译为《少年派的奇幻漂流》，并不讨好。

电影没有让观众失望，虽然后座的小孩一直向父母投诉看不懂。它不是一部儿童电影，只能留给他们一个印象，长大后重看才会明白。

有些人喜欢拿原著跟电影做比较，批评电影少了讨论宗教的部分，深度不够。对好莱坞制片家们来说，宗教却已经着墨太多，让他们不耐烦了。我倒觉得恰到好处，说明了 Pi 是个内心纯洁对世界充满了爱的少年，已经足够。

反而书中描述不出的，如倒映在镜面大海的晚霞，飞鱼群、鲸鱼、老虎和海岛，那种又真实又似半梦半醒之间的形象，丰富了故事的内容。3D 电影可以这么拍的，詹姆斯·卡梅隆也想象不到。

通常，在制片人和导演之间的立场对立时，好莱坞当然会要求李安把法国厨子吃人的情节也拍进去，这种惊骇的画面始终能多卖几个钱。相信李安最初也屈服了，所以用了法国巨星 Gerard Depardieu（杰拉尔·德帕迪约）来拍。最后，这些镜头还是被导演剪掉了。在李安慈悲的胸怀之中，以对白来交代这种情节，已经是他容忍的极限了。

戏拍完后，导演总得根据合约，到各国去做宣传。李安被传媒问得最多的，应该是电影的主题吧？他回答说："我们怀疑所有美好的，又拒绝承认现实的残酷。"

这也是小说的主题。它给我们两个版本的故事，挑战读者去选好一个答案，最显然不过了，相信这也是吸引李安去拍这部电影的主要原因。

那只老虎代表了什么？李安说这不好说，最后还是说了：那是一种恐惧感，让自己提高警觉的心态。这种心理状态是生存跟求知跟学习最好的状况。如果害怕了，认为自己也懒惰算了，就很容易陈腐，很容易被淘汰的。

在李安的电影生涯中，他在这种心态中不断地挣扎，拍出了不同的电影，有时得奖，有时也被这只老虎咬伤。像拍《绿巨人浩克》时，他一不小心，想走出漫画的框框，研究人物的心理状态。漫画就是漫画嘛，研究来干什么？

从前的导演，知识分子居多；当今的，大多缺少书生的气质。有了读书人的底子，就能把文字化为第一等的形象，任何题材都能拍，都能去挑战，创造出经典来。李安是目前少有的一个知识分子，我们可以在《理智与情感》中看出他的文学修养，已经跨越了国界，英国人也不一定拍得出那么英国的电影来。

这当然要有很强的基础，李安的这种跨越国界的修养是从"父亲三部曲"中建立起来的。在拍《饮食男女》时已超越了国界，故事和手法皆为全世界的观众接受与赞赏，后来外国导演还把这个故事拍成了其他版本。

在拍《卧虎藏龙》时，他的武侠片中的招数都是合情合理、稳稳阵阵（粤语，指做事妥当，考虑周到，力求不出错）的，才不会被全世界的观众当为天方夜谭。这才是成为一个国际性导演的基本条件。

但是到了好莱坞，就得玩制片家的游戏，什么不能超出预算，什么不能乱改剧本的限制等，《冰风暴》和《与魔鬼共骑》应该是牺牲品。只有在夹缝中求生存，和与老虎格斗一样，最后才能在《断背山》中取得胜利。

不知道李安的下一部戏会选什么题材，总之非常之期待。一个人的个性是很影响他的作品的。李安温文尔雅，许多文学巨著放到他手上，都会有更深一层的演绎吧？他说过，以他目前的地位，再多拍十几二十年烂片，也有人肯出钱。当然，他不会那么做，他的选择很多：战争片，科幻片，恐怖片，等等。会不会拍喜剧呢？他不像一个放得下的人。也许他会有他轻松的一面，拍一部让观众笑一笑吧？也应该是时候了，总不必一直和老虎搏斗下去吧？

也许，宗教电影也可以考虑，拍一部《释迦》，如何？

成为电影巨匠的标准

要成为一个电影巨匠,必须会像爱森斯坦那么会运用蒙太奇剪接手法,一定要像奥森·韦尔斯那么懂得镜头的深度,更要有大卫·里恩(1908—1991,英国著名导演,英国电影界泰斗。代表作《阿拉伯的劳伦斯》《桂河大桥》《相见恨晚》)的广阔视野,但最后要有像比利·怀特那么大的讲故事本领。

日本电影的巨匠有黑泽明,他早期拍打斗片《姿三四郎》,一拳一脚交代得清清楚楚。中期探讨人性,拍出《留芳颂》,十分感人。后期雅俗共赏,有《七侠四义》(港名,即《七武士》)、《用心棒》等。西方也被他的《罗生门》的魄力感染,甘拜下风。

但日本人认为沟口健二比黑泽明更有深度,在平淡的手法中见功力。《雨月物语》讲鬼魂回来慰藉丈夫,凄美得厉害,西方就没有哪一个导演能做得到。

小津安二郎的电影完全融入日本人的生活之中,所取的角度都像他们日常起居,用坐在榻榻米的角度去拍,一点也不花巧,但说出父亲嫁女后的孤独和悲哀，人类亲情是万国共通的。

这些巨匠的手法，后人很难跟得上，要比也没的比。至数十年后才出现一个山田洋次，他把一个到处流浪的小人物拍了又拍，一共有几十部，故事雷同，但观众百看不厌。

到演《寅次郎的故事》的渥美清死后，也才改变戏路，拍出讲武士沦落的三部曲《黄昏清兵卫》《隐剑鬼爪》《武士的一分》来，在淡淡的哀愁中说没落的武士小故事，日本才再度出现一个巨匠。

巨匠们有一个共通点，那是一系列的电影，每部都精彩。只有一两部戏成功，那只是昙花一现，成不了巨匠。

老一辈的市川昆和新一辈的北野武都很努力，偶有佳作，但他们成不了巨匠，有一个可能性很高的伊丹十三又死得早，亦无法登上这个宝座。

《礼仪师之奏鸣曲》（港名，即《入殓师》）的泷田洋二郎在《抢钱家族》中证明了一次，直到此片才第二次跑出（指《入殓师》获奖），但他的片子像电视剧集，没有电影的气派，可惜。

*蔡澜谈电影

每一个做电影的人,其实都会有一种电影情结。那是养成的。

我父亲在小的时候,是电影戏院的经理,所以我从小这颗种子种着,这个血液流着。

那个时候做电影,那么多的行业,其实理论上都可以做,选择做监制就是邵逸夫先生教的,他说你要是喜欢电影的话,就要多一点接触。电影这个行业,你如果单单是做导演的话,那么这部戏你拍完了以后就剪接,牵涉到的范围比较窄小;你如果做监制的话,任何一个部门你都必须要知道。

做监制有一个好处就是说你懂的事情多了以后,你就可以变成种种的部门,你都变成一个专家以后,任何生存的机会你都可以,你可以去打灯,你可以去做小工,总之你的求生的技能越来越多,那么你做人的自信心就强起来了,都是这样。

邵逸夫先生在那个时候给我那么多机会,不单是因为跟我父亲是世交,看着我长大,还是因为他觉得从这个年轻人,其实他能够看到他当年的自己,觉得我是适合做这一行的。要是他不喜欢我的话,也不会把所有的事情都讲给我听。

我也是从一个新人开始打拼，不是一上来就已经要管很多人、管很多事的。我都要经过学习，学习了以后才可以去做，都是从头开始。

在当年，我第一部电影是从他们来拍外景开始，像张彻先生来拍《金燕子》，我不是参与整部戏，就只是外景。从那边学起，一直学，跟这些工作人员打好关系以后，那么我就自己拍戏。

我跟邵先生讲说，你们在香港拍戏，一个戏要一百万、七八十万，我这里二三十万就给你搞定了，你们拍戏在香港拍要五六十天，我这里十几天就给你搞定了。那时候是越快生产越好，因为工厂式的作业，所以他也就听得进去。他说那你就拿这笔钱去，你就去拍去，那么我就开始在日本拍港戏，请了几个明星过来，至于其他工作人员，都是日本人，拍完了以后就把它寄回去，在中国香港上映。

所以在东京拍香港片子，就算是外景，也不能够拍日本外景，都要拍得很像香港，模仿香港，所以看到富士山也把它剪掉了，不拍的。

那时候在日本拍，反而是比较便宜的，那边快。

我们那个时候是黄金时代，七八十年代，我拍电影的时候，电影再不好都可以卖得很好，因为可以先卖，叫卖埠，就是说先卖版权，卖给越南、柬埔寨，卖给非洲的小国家，你都已经把制作费赚回来了，所以那个时候很好玩，没有心理负担。

那时候我还比较年轻，也就二十多岁，但我得掌控全局，内心坚信自己能够搞定这一切。不会就学，学完了以后从犯了很多错误开始，犯错误不是坏事情。

我对所有的工作人员都要求很高，所以我曾经有一次一度把所有的工作人员都炒了鱿鱼，剩下我一个，重新开始组织拍戏。

是拍一部片子的时候，因为太慢。

第二天没人来也没关系，再去组织。

不过这件事教会我，要炒人的话，从炒一两个开始，不要通通炒掉。

对别人要求严，对自己当然也很严格了。首先从自己开始。

导演都是很自我中心的，一些怪物来的，没有一个我喜欢的，我都很讨厌他们。

不过如果采访他们对我的看法，他们会说中午那顿，吃得很好。

那个时候我们是赶上了香港电影最最好的时候，就是因为忙碌，不断地有戏拍，每部戏都卖钱。

有时候不断地拍，也会困惑。你就没有了所谓你喜欢的题材、喜欢的片子。像我跟邵逸夫先生讲，我说邵氏公司一年生产四十部戏，我们拍四十部戏但是其中一部不卖钱，但为了艺术为了理想，这多好，这其实可以的。你们四十部中间一部你可以赌得过的。

他说我拍四十部电影都赚钱，为什么我要拍三十九部赚钱，一部不赚钱？我为什么不拍通通赚钱的？

那么我也讲不过他，结果就是没有什么自我了。

那时候我的工作就是一直付出，一直付出，一直把工作完成，没有说自己想拍些什么戏就可以拍，所以如果谈起电影的话，我真的是很对不起电影的。我对我这段电影的生涯，我不感到非常地骄傲，我反而会欣赏电影，我欣赏的能力也比较强。

我做监制的时候我就为工作而工作，常常人家批评我，他说你这个人，你到底对艺术有没有良心？我说我对艺术没有良心。你是一个没有良心的人，我说我有，我对出钱给我拍戏的老板有良心，因为他们要求的这些，我就交货给他们，我有良心的，我不能够说为了自己的理想而辜负了人家，拿了这么大的一笔钱，让我来玩，我玩不起。

因为邵逸夫先生是我的老师，我就问他，我说低潮了怎么办？

邵逸夫先生说，你喜欢电影吗？你喜欢电影就要做得长久一点，做得长久的话你什么样的戏都要拍，都是有人看，有人看的戏你就要拍。

我说好，我一共才拍了几部罢了，不过都很卖钱，那么就可以生存下去，做生意生存是第一位的，你活下来之后才能做到你想做的事情。

其实严格来讲，不是赶上电影最好的时候，只是赶上电影最容易卖的时候。但是作为一个有抱负的电影人，其实那是挺痛苦的。

虽然挺痛苦，但是没有后悔过。

我那时候的心态就是我把这个电影当成一个很大的玩具，因为你现在没有的玩，现在拍电影，好像大家都愁眉苦脸，痛苦得要死，我很会玩啦，我会去找最好的地方拍外景，当年最好的酒，当年最好的一桌子菜，我都把它重现起来，女人我会重现，让她们穿最漂亮的旗袍，这些我会很考究的，把这部戏拍起来，在拍的中间，我很会玩，我已经达到我的目的了。

很多人会说蔡澜会生活，所谓的"顽童"，但不是一开始就是这样的，是被这个时代推着，你不给我别的机会，那我就从中找到别的乐趣，我就变成别的样子。

我也经过这种失意的年代，年轻，也就三十几岁吧，有一段时间很不愉快，不愉快，我就学东西了。

那时候我就开始学书法，很认真地去学，书法和篆刻，刻图章，现在还可以拿得出来，替人家写写招牌。

但一个人当他年富力强的时候，有很多经验，对这一行又懂，又热爱，自己有能力，哪怕再想得开，内心还是会郁闷的。

当然郁闷时间很短了，后来我才发现（我在书上也写过），干了四十年电影，原来我是不喜欢的，我不喜欢干电影这行。

我喜欢的是欣赏，看，我不喜欢参加在里面，那么不喜欢，但是我会把自己变成一些大的玩具，这时候，你就好玩，对你这个人生也有帮助。

现在我欣赏电影就好了，不要再去搞制作，制作很头痛。

我做不了邵逸夫先生那样的电影大亨。我没有那种决心，有很多很绝情的事情我做不了的，很多决定我做不了的。这些我不行。

比方你很绝情地说，每一部戏都要赚钱，这个很绝情吧，我就不可以了，我说有钱就完了吗？

但我不较劲，这个事情我做不好的话我离开一段时间，我试一件别的事情。

所以很多很多经验积累下来以后，让我离开，让我决定再不回来。

好像我不再做电影，我这个电影人的身份就已经死去。

我不遗憾，我知道遗憾了也没有用的。

我不算是一个有野心的人，我是要求很高的人，但不是有野心，我对我的工作等等，到现在也是，我不怕得罪人，我看到不喜欢的，我就开口大骂了。

在电影圈里面要找到一两个性情中人不容易，都是很有目的地去完成一件事情的人多。

做导演的时候一定是"我自己成名就好了，你们这些人死光了也不关我的事",都是这种人多。这种人我不喜欢的。

我欣赏的人,合得来的人,都不是完全电影圈的人,像那几个老朋友,其实跟电影都是有一些间接关系,不是直接关系。这几个人算是我最好的朋友。他们是有共同点的,都是文人,都是对生活好奇的人,都是性情中人。

(编者注:据《鲁豫有约》整理)

成为妙人

柏拉图谈爱情和婚姻

很多年轻人问我:"爱情是怎么一回事?"

我自己不懂,只有借用哲学家柏拉图的答案了。

有一天,柏拉图问他的老师:"爱情是什么?怎么找得到?"

老师回答:"前面有一片很大的麦田,你向前走,不能走回头路,而且你只能摘一根麦穗。如果你找到了最金黄的麦穗,你就找到了爱情。"

柏拉图向前走,走了不久,折回头来,两手空空,什么也摘不到。

老师问他:"你为什么摘不到?"

柏拉图说:"因为只能摘一次,又不能折回头。最金黄的麦穗倒是找到了,但是不知道前面有没有更好的,所以没摘。再往前走,看到的那些麦穗都没有上一棵那么好,结果什么都摘不到。"

老师说:"这就是爱情了。"

又有一天,柏拉图问他的老师:"婚姻是什么?怎么能找到?"

老师回答:"前面有一片很茂密的森林,你向前走,不能走回头路。你只能砍一棵树。如果你发现了最高最大的树,你就知道什么是婚姻了。"

柏拉图向前走,走了不久,就砍了一棵树回来了。

这棵树并不茂盛,也不高大,只是一棵普普通通的树。

"你怎么只找到这么一棵普普通通的树呢?"老师问他。

柏拉图回答:"有了上一次的经验,我走进森林,走到一半,还是两手空空。这时,我看到了这棵树,觉得它不是太差,就把它砍了带回来,免得错过。"

老师回答:"这就是婚姻。"

明代的美人标准

有人问我,你写那么多关于女人的东西,那你心目中的女人是什么?

我一回答,即刻被众人骂:哪有那么好的女子?

骂多了,我学乖,再也不出声。但心中想想,又不要花钱,又无冷言冷语,总可以吧?正在发痴,又被人责备脑中的绮念。

好,就举明朝人对美女的看法吧,要骂,你就去骂明朝人,和我无关。

他们的美女,有下述条件:

一、闺房

美人一定要住好的地方:或高楼,或曲房,或别馆村庄。房内清楚空阔,摒去一切俗物,中置清雅器具,及相宜书画。室外须有曲栏纤径,名花掩映。要是地方不大,那么盆盎景玩,断不可少。

二、首饰衣裳

饰不可过，亦不可缺。淡妆浓抹，选适当去做好了。首饰只要一珠一翠，或一金一玉，疏疏散散，便有画意。

服装亦有时宜：春服宜倩，夏服宜爽，秋服宜雅，冬服宜艳。见客宜庄服，远行宜淡服，花下宜素服，对雪宜丽服。

衣服大方，便自然有气质。

三、选侍

美人不可无婢，描花不可无叶。佳婢数人，务修清洁。时常教她们烹茶、浇花、焚香、披图、展卷、捧砚、磨墨等。

为她们取名的时候绝对不能用什么"玫瑰""牡丹"等俗气的字眼，可叫她们为"墨娥、绿翘、紫玉、云容、红香"等文雅的名字。

四、雅供

在闺房的时间长，所以必须有以下的家私和器具：天然椅、藤床、小榻、禅椅、香几、笔砚、彩笺、酒器、茶具、花瓶、镜台、绣具、琴、箫和围棋。

如果有锦衾纻褥、画帐绣帏那就更好，能力办不到，布帘、纸帐亦自然生趣。

五、博古

女人有学问，便有一种儒风，所以多看书和字画，是闺中学识。共话古今奇胜，红粉自有知音。

六、备资

美人要有文韵，有诗意、禅机。

七、晤对

喝茶焚香，清谈心赏者为上。

喜开玩笑好玩者次之。

猜拳饮酒者为下。

八、神态情趣

美人要有态、有神、有趣、有情、有心。

唇檀烘日，媚体迎风，喜之态；星眼微瞑，柳眉重晕，怒之态；梨花带雨，蝉露秋枝，泣之态；鬓云乱洒，胸雪横舒，睡之态；金针倒拈，绣榻斜倚，懒之态；长颦减翠，瘦靥消红，病之态。

惜花踏月为芳情，停栏踏径为闲情，小窗凝坐为幽情，含娇细语为柔情；无明无夜，乍笑乍啼为痴情。

镜里容、月下影、隔帘形，空趣也。灯前月、被底足、帐中窗，逸趣也。酒微醺、妆半卸、睡初回，别趣也。风流汗、相思泪、云雨梦，奇趣也。

明朝人还加以注解说：态之中我最喜欢睡态和懒态。情之中我最爱幽与柔。

有情和有心则大可不必了。我虽然不忍负心，但又不禁痴心。

不过来个缘深情重，又是件纠缠不清的事。

所以我说，大家相好一场之后，到头来各自奔前程，大家不致耽误，你说如何如何？

以前的袁中郎是个聪明人，他在天竺大士之前说过这么一句话："只愿今生得寿，不生子，侍妾数十人足矣。"

九、钟情

王子猷把竹叫为"皇帝"，米芾将石头称呼为"丈人"。古人爱的东西，尚有深情，所以对女人，也非爱不可。

她们喜悦的时候畅导之，生气时舒解之，愁怨时宽慰之，疾病时怜惜之。

十、招隐

美女应该像谢安之屐、嵇康之琴、陶潜之菊。有令男人能有她相伴而安定下来的魅力。

十一、达观

美人对性的观念应该看得开，好色可以保身，可以乐天，可以忘忧，可以尽年。

十二、及时行乐

美人在每一个阶段都好看。至半老，色渐淡，但情意更深远，约略梳妆，偏多雅韵。如醇酒、如霜后橘、如名将提兵，调度自如。

香肌半裸、轻挥纨扇、浴罢共眠、高楼窥月、阑珊午梦等，神仙羡慕之声。此时夜深枕畔细语，满床曙色，强要同眠。

花开花落，一转瞬耳，美女了解此意，故当及时行乐也。

男人该选哪种香水

男人一搽香水，便留给人一个娘娘腔的感觉，所以他们永远不会承认，只是说："啊，那是洗头水的味道。"

大家都洗头，为什么又没那么香？男人又说："啊，那是须后水。"

还是德国人老实，早在1792年的二百多年前，他们便自认搽香水，发明了古龙水，最出名的是4711。4711只是一股清香，并不像女人香水那么浓郁，洒上大半瓶，味道一下子便消失，搽了等于没搽。

随着社会的繁荣，以及女人香水市场的饱和，商人拼命向雄性动物打主意，开发了庞大的男人古龙水生意，每年的销量，是个天文数字。

今天，男人的脸皮越来越厚，也不介意别人怎么说他，一味大搽古龙水。而且男人不断地要求把香味加浓，本来一瓶古龙水有3%的香精油，已加到10%了。

女人身上便闻不到，因为她们有香水。男人至今还没机会搽上正式的香水，在男士古龙水中从前没有强调"最贵"，如女人的Joy，真是可怜。

当然还是有很多人讨厌男人搽古龙水,但是如果你经历过名胜中的人群汗臭,你会宁愿男人都搽香水。

好了,现在我们男人开始买古龙水吧。挑选哪一种最好呢?

世界上有成千上万的古龙水牌子,但香味系统逃不过香味四大家族:Citus 橘子香,含有柠檬、柑、橙花等混合的味道;Chypre 素心兰,其实和素心兰花无关,含有橘子香、橡苔之混合味道;Fougere 馥奇,只是个读音译名,含有薰衣草、橡苔及黑豆香的混合味道;Oriental 东方香型,含有香草琥珀的混合味道。

在欧美卖得最多的二十种名牌之中,素心兰系统占得最多,有八个牌子:Aramis 公司的 Aramis,Halston 公司的 Halston Z-14,Hugo Boss 的 Hugo,YSL 的 Jazz,Christian Dior 的 Fahrenheit,Estee Lauder 的 New West,Ralph Lauren 的 Safari For Men,以及 Calvin Klein 的 Escape For Men。

第二位是馥奇家族,有六种:Rabanne 的 Daco Rabanne,Ralph Lauren 的 Polo,Lorls Azzaro 的 Azzaro For Men,Guy Laroche 的 Drakkar Noir,Davidoff 的 Cool Water,Calvin Klein 出品的 Eternity For Men。

第三和第四是,橘子香家族:Christian Dior 生产的 Eau Sauvage,Armani 的 Armani For Men,Lacoste 的 Lacoste。东方香型家族:

Chanel 的 Egoiste，Calvin Klein 的 Obsession For Men。最后是 Paioma Dicasso 的 Minotaure。

美国文化传统敌不过欧洲，美国人对香味的要求并不考究，而且是广告之宣传力量下的产品，所以首先可以把美国厂的古龙水由上述的名单上删除。

德国时装公司的西装，永不及法国的设计和意大利的手工，所生产的香水好极有限，也可以不用考虑。

Davidoff 的雪茄和白兰地皆有水准，副产品的古龙水不会差到哪里去。

毕加索的女儿设计的 Swatch 手表被抬举得价钱甚高，但在国际服装和化妆品上还未奠定她的地位，所出的古龙水是好是坏，你也应该知道。

Paco Rabanne 虽然历史不久，但是古龙水却有一股不腻的幽香。

运动家型的男子，Polo 较适合吧，传统一点的用 Fahrenheit 不错。爱罗曼蒂克气氛的，可用 Jazz。至于高尚男士，多骄傲，用衬名字的"自恋狂 Egoiste"好了。

除了人造的香味之外，男人本身是否真正有男人味呢？当然有啦，我们身上发出的味道，就是男人味，最原始时用来挑拨起女人的性欲，哪怕是汗味或者是狐臭，各花入各眼。我们的臭味，对喜欢我们的女人，都变得难忘。也许，有一天我们被外星人抓去，拼命地抽出我们的狐臭，就像人类采取鲸鱼精子和麝香当香剂一样。

说正经的，狐臭太过怪异，有一种叫 Byly 的西班牙药膏，可以让狐臭发酵成酒精蒸发掉，很有效用，可惜最近已不进口。总之，男人只要多洗澡，便有一股自然的香味。

至于真正的男人味，是抽象的。

男人在思考的时候、在做决定的时候、在创作的时候、在发命令的时候，都有男人味。对身边人类起不了作用的男人，就算浸在一缸古龙水中，闻起来，像杀虫水居多。

看领袖人物的衣着玄机

不管你喜不喜欢狂人卡达菲,但是他的衣服是精心设计的。

他的服装除了衬衫和裤子,必定加一件披肩和一顶帽子。每次上镜之前,有一些花絮镜头,可以看到他左整理右整理,发型看起来零乱蓬松,也是设计过的,务求做到最佳姿势不可。

最后的一次,可能是愈来愈精神错乱,竟然穿了一身金色的,俗不可耐。唉,多换几件吧,日子不多了。

和卡达菲一比,他的儿子就不会穿衣服了,都是已经贪污了几千亿美金的家族成员,在衣服上的品位就不及老子。

已经下台的巴基斯坦军人领袖,当今名字也记不起的那位仁兄,对衬色最有研究。有次他设计了一套像中山装一样的外套,是绿颜色,里面露出绿色领子,又叫电视台的灯光师把背景也打成浅绿色,才肯上镜。

见那一群非洲各国的独裁者,都穿笔挺的西装,那么炎热的天气,还是要忍。西装料子发亮,是带着些真丝织成,春夏秋冬皆可着,至少要一万美金一套。

一看就知道贵料子的话，还算是低招，最高超的是闷骚。你看已经下台的埃及总统穆巴拉克，他的细纹白色间条西装，原来藏着乾坤。那白色纹中绣着自己的名字，这种西装料子，订做起来至少二万五千美金一套。

最不花钱在服装上的是印度的甘地，白布一条，围上就是。这种节俭的精神当然值得推崇，但有时他把看医生的钱也省了，喝自己的尿为药，那就不太敢领教了。

人可以貌相

人活到老了，就学会看人了。

看人是一种本事，是累积下来的经验，错不了的。

古人说：人不可貌相。我却说：人绝对可以貌相，我是一个绝对以貌取人的人。

相貌也不单是外表，是配合了眼神和谈吐，以及许多小动作而成。这一来，看人更加准确。

獐头鼠眼的人，好不到哪里去，和你谈话时偷偷瞄你一眼，心里不知打什么坏主意，这些人要避开，愈远愈好。

大老板身边有一群人，嬉皮笑脸地拍马屁，这些人的知识不会高到哪里去。虽然说要保得住饭碗，也不必做到这种地步，能当得上老板的人，还不都是聪明人？他们心中有数，对这群来讨好自己的，虽不讨厌，但是心中不信任，是必然的事。

说教式地把一件不愉快的事重复又重复，是生活刻板的人，做人消极的人，这种人尽量少和他们交谈，要不然你的精力会被他们吸光。

年轻时不懂，遇到上述这些人就马上和他们对抗，给他们脸色看，誓不两立，结果是给他们害惨。现在学会对付，笑脸迎之，或当透明，望到他们背后的东西，但心中还是一百个看不起。

美丑不是关键。

我遇到很多美女，和她们谈上一小时，即刻知道她们的妈妈喜欢些什么、用什么化妆品、爱驾什么车。她们的一生，好像都浓缩在这短短的一小时内，再聊下去，也没有什么话题。当然，在某些情形之下，你不需要很多话题。

大笑姑婆很好，她们少了一条筋，忧愁一下子忘记，很可爱的。

爱吃东西的人，多数不是什么坏人。他们拼命追求美食，没有时间去害人，大笑姑婆兼馋嘴，是完美的结合，这种女人多多益善。

样子普通，但有一股灵气的女人，最值得爱。什么叫有灵气？看她们的眼睛就知道，你一说话，她们的口还没有张开之前，眼睛已动，眼睛告诉你她们赞不赞成。即使她们不同意你的看法，也不会和你争辩，因为，她们知道，世界上要有各种意见，才有趣。

我们以前选新人，二十世纪六七十年代中一部片就是上千个，有谁能当上女主角，全靠她们的一对眼睛，有的长得很美，但双眼呆滞，没有焦点，怎么教都教不会演一个小角色。

"我还很年轻，要怎么样才学会看人？"小朋友常这么问我。

要学会看人，先学会看自己。

本人一定要保存一份天真。

像婴儿一样，瞪着眼睛看人，最直接了。

沉默最好，学习过程之中，牢牢记住就是，不要发表任何意见，否则即刻露出自己无知的马脚。

注视对方的眼睛，当他们避开你的视线时，毛病就看得出来了。

也不是绝对地不出声。将学到的和一位你信得过的长辈商讨，问他们自己的看法对与不对。长辈的说法你不一定赞同，可以追问，但不能反驳，否则人家嫌你烦，就不教你。

慢慢地，你就学会看人了，你一定会受到种种的创伤，当成交学费，不必自怨自艾。

两边腮骨突出来的，所谓的反腮，是危险的人，把你吃光了骨头也不吐出来。以前我不相信，后来看得多，综合起来，发现比率上坏的实在占多。

说话时只见口中下面的一排牙齿，这种人也多数不可靠。

一眼看上去像一个猪头，这种人不一定坏，但大有可能是愚蠢的、怕事的、不负责任的。

从不见笑容，眼睛像兀鹰一样的，阴险得很。

什么时候学会看人，年纪大了自然懂得。当你毕业时，照照镜子，看到一只老狐狸。

我就是一个例子。

互相尊敬，是基本的礼貌

不知不觉之中，我也成了所谓的"名人"，时常有陌生人问："可不可以和你拍一张照片？"

对方很客气，我当然不会拒绝，要拍多少张都行。从小被父母亲教育，人与人之间，应该有互相的尊敬，这是基本的礼貌，必定遵从。

不喜欢的是，连这一点最低的要求都不懂，譬如就来一句："喂，蔡澜，合拍一张？"

我多数当对方是透明，装聋作哑，从他身边经过。心情好的时候，我会说："对年纪比你大的人，不可以呼名道姓。"

这是事实，对方的父母没教他，由我来倚老卖老指出，对他们也不无好处。

有些人听到了，腼腆而去。有些人翻脸："不拍就不拍，你以为我会稀罕？"

对着此等人间废物，只有蔑视。

在新书出版后的签书会上，很多读者要求合照，队伍太长，一位位拍,时间是不够的,我关照助手替对方拿着手机,要他们站在我身后,一面签名一面拍。

多数读者会满意而去,但也有很多人说:"直的一张,我们再来横的一张,看看镜头!"

这时我心中开始厌烦,虽不作声,但是表情已经硬,挤不出笑容了。

有些相貌娟好,言语不俗,以为是很喜欢看书的知识分子,智商一定很高,岂知眼对镜头,他们即刻举起剪刀手来,作胜利状,我看了也苦笑作罢了,不会生气。年轻人喜欢作 V 字状,情有可原,七老八老,还要作此动作,就显出智商低了。

答应了和对方合照之后,他们会越走越近,我一向越避越开,还得保持客气,但他们得寸进尺,伸出手来要拥揽我肩膀,这就很讨厌了。

是的,人与人之间要互相尊重,但是对年纪比我们大的人,不可作亲友状,我与金庸先生认识数十年,也不敢作此大胆无礼的动作,非亲戚朋友,怎可勾肩搭背?

走进食肆,店主有时要求合照,从前我来者不拒,后来听到很多人投诉,看到我的照片才去吃的,怎么知道东西咽不下喉?

被冤枉多了慢慢学乖了,一进门就要求拍照时,我会说等吃完再拍好了,如果难吃的,就一溜烟跑掉,东西好吃,我则会很乐意地和他们拍照。

有时候，怎么也避免不了，去了一个饮食人的聚会，多人要合拍，也一一答应了，第二天便被贴在店外。当今，在这种情形，我多数不笑，所以江湖上已传出，要看到照片上我笑的才好去吃，这也是真的，没有说错。

有时我还会主动，要是东西好吃，我请厨房的所有同事都出来合拍，看见有些服务员站在一边不敢出声，我也一一向她们招手。

拍全体照最费时，通常他们要我坐下，然后一个个加入，我左等右等，大家还是没有排好位置！吃亏多了，就要求大家先摆好姿态，留中间一张空凳，等到最后我才坐上去，年纪愈大愈珍惜时间。

合照可以，握手就免了吧。我最怕和人握手了，对方的手总是湿腻腻的，握完就要去洗一次手，洗多了脱皮，也变成了洁癖。很怕握手，但对方伸出来，拒绝了很不礼貌，我多数拱拱手，作抱拳答谢状，向各位说："当今已不流行握手了。"

从前有过一阵子，听别人说不如叫那些要合照的人捐一些钱做慈善吧，我叫助手拿了一个铁筒收集，也得过不少零钱，至今嫌烦，不如自己捐吧。

在香港的街上，遇到游客要求合照，我当然也没拒绝过，当自己是一个旅游大使，为香港出一份力也是应该的，烈日和寒冷天气下，我还是会容忍。

要求之中，最讨厌的是"自拍"了，所有自拍，人都要靠得极近，对方又不是什么绝色佳人。而且，一自拍，人头一定一大一小，效果不会好的，通常我会请路过的人替我们拍一张算数。

遇到自己喜欢的人，我也会像小粉丝一样要求合拍，对方若拒绝，也会伤心，但好在没有发生过这种情形，因为我的态度是极诚恳的。

最后一次，是在飞机上遇到神奇女侠盖尔·加多（Gal Gadot），她很友善，点头答应，微笑着合拍了一张。

想起一件往事，拍《城市猎人》时，请来了当时被誉为最漂亮的日本女明星后藤久美子，在香港遇到影迷时被要求合照，大多数日本的明星会拒绝，不拒绝经纪人也会教他们拒绝，久美子也不肯合照，成龙看到了说："他们是米饭班主呀。"

后来久美子遇到影迷，也都笑脸迎人了。

听多了，你会变成一个多姿多彩的人

到一个小岛去旅行，见到土特产，便去购买，店里的老头态度极差，我一气之下，就走到别家。和我一起的朋友却和他叽叽咕咕地谈了半天。他走出店来，带我到一家很别致、价廉物美的餐店去吃了顿丰盛的饭。

"你也是第一次来的，怎么知道这家饭店？"我问。

他说是店里的老头介绍的。

"那家伙？太没有礼貌了。"我说。朋友同意。不过，他解释道，只要你对他友善，耐心地听他讲话，你就会得到很大的收获，像这顿午餐，就是证明。

从此以后，我学会了听。听人家讲话，是一门很深奥的艺术。

多数人喜欢很主观地发表自己的意见，一点都不注意别人讲什么，那么他们会缺少许多有趣的见闻。所有的人都有他们多年积蓄下来的经验，只要我们肯去听，一定能够发觉很多乐趣。

要学会听，自己先要有诚恳的态度：少讲，多问，别人自然地会打开话匣子。当然，也要付出一些代价，十个故事中总有几个沉闷或是你听过的，但是得到其余未闻的人生经验，已受益不浅。

比方说去市场买菜，问问卖鱼的，或是你身边的家庭主妇，便常会得到一些意想不到的菜谱；去看盆景展览时，留心听一听，会学到许多植物的知识。

遇到舞女大班（老板），她会告诉你现在的夜生活女郎已不是被逼入火坑的了。

老人家对昨天的事会忘得一干二净，但三四十年前的风流，却记得清清楚楚，和他们聊天，他们的生活就是两三个好剧本，不过要忍耐他们的重播。如果做不到这一点，一切便是白费的。

听多了，知道了好处之后，你就会变成一个多姿多彩的人。

常发觉有另外的人围绕着你，喜欢听你的故事，但不要犯老人家的错误，先问对方：这个故事我讲过给你听了吗？

朋友之中，多数是要把人的意见变成和自己的一样，这便是无谓的辩论。

听人家讲，讲给人家听——这便是思想的交流。

*蔡澜谈教养

什么叫一个有教养的男人?

有礼貌,孝顺长辈,善待比他们年轻的人。守时,重诺言,衣着整齐——并不一定是名牌。外表保持干净,也是最重要的。那不是做给别人看,是对自己的一份尊重。

没有教养的男人,一眼望穿。

先从"尊容"看起,头发不梳,没有油分,干枯凌乱。

再下来的是头皮屑了,见到头皮屑,一开始就给别人一个坏印象。头皮屑多代表不洗头,不冲凉,掉在深色的西装肩膀上,更令人生畏。这些人一到游乐场所,被舞厅的荧光灯一照,白点斑斑,更是恐怖。

眉毛中有皮屑,耳朵上有油垢,也是致命伤。

还有最要命的鼻毛,长超孔外,或者露出一两根,女士们一见逃之夭夭。

留胡须的总是一副脏相。看不到意大利人的胡子吗?他们修得整整齐齐,是每天勤快下的功夫。从前鲁迅和孙中山留的,也天天剪呀!哪像当今的胡须佬。

接着是衬衫了，领口不能大过颈项太多，花纹衬衫加上一套花纹西装，也是禁忌。裤子下面穿白袜或花袜，也会把人家眼睛弄脏。当今的，还有人配上一双运动鞋。有教养的父母，是不会教子女那么穿的。

衣服之外，露出的那双手也能看得出来。尾指指甲留得长长的，一定用来挖耳、挖鼻，有什么比它更不卫生的？十指指甲都修得尖尖的，干什么？

中国人有句俗语，说一开口就闻到腥味，这些没有教养的家伙，粗言粗语已叫人敬而远之。

不说话，但吃东西时发出啧、啧、啧、啧。啊啊，那种噪音实在令人受不了，有哪个父母教你吃东西啧、啧、啧、啧，除非父母自己也啧、啧、啧、啧。

打喷嚏时不用手巾和面纸掩鼻，或者浓痰一口飞镖似的射出，这种人已不值得我们讨论。走起路来大摇大摆，头部不停晃动的，已一无可取。

常常一个"我"字，什么都是我、我、我。在大机构中办事，公司买了这个产业，卖了那只股票，说起来，从不讲我们，而是"我买的""我上了市"，以为都是他自己一个人的功劳，这种人，也无教养。

见到旁人不可一世，老板一出现，即刻变成一条狗讨好。这种人，也得避之。

眼神不正，不敢面对别人的鼠头鼠脑，已不是人。

又，什么叫一个有教养的女人呢？

条件应该和男人一样，但她们较难看穿。

一般香港女人已相当注重外表，不会乱穿衣服。而且，化妆品由几十块到几万块一瓶，照买不误。别的可省则省，只有这种东西不能省。

至于头发，很少自己洗的。一条街上开了好几家美容院，从来没见过有那么多间美容院的。

但细看"尊容"，有些女人，已经文眉。文眉女子，先看出一个"懒"字，她们以为文了眉，就不必花太多工夫去画了。

即使有了外表，香港女子做人的态度，总是让人觉得她们面目可憎。

永远对男人呼呼喝喝。职位略为一高，非表现她们的权力不可。

从来在她们的口中挤不出一个"请"字，接电话不会说"请等"。

没有教养的女人，常抬高头说话，说到一半，想不到怎么接下去，就以"啧"的一声终结，一直是啧、啧、啧。

教子女时先教势利。养出来的，都是狗眼看人低的孬种。

愈无教养，自卑感愈重。只有借助名牌手袋来表现自己，买不起真的,就去买赝品。

这种女人,注定老了成为孤独的人,结婚一定和丈夫吵架离开,嫁不出去的居多。

没教养的男女,身边皆是,对付方法,只有漠视。和他们讲话时,透过他们的身体,看他们背后的事物,话不能多过三两句,应即刻弹开。

通常,说人坏话时,总加一句:"也有例外。"

对于这些没教养的,不必说有例外。他们没有例外。不用对他们客气,客气了也没用,他们没教养,听不出的。

附录：采访自己

关于收藏

问：文人通常收藏些字画，你有没有？

答：我不例外，很少罢了。最珍贵的是书法和篆刻的冯康侯老师的作品。老师生前我不敢向他要，他主动送了我一两幅，过世后我也向人买了一些，就此而已。

问：你的另一位老师丁雄泉呢？

答：送过一幅小的。另外有一幅是他白描，由我上色，他为了我题上两人合作的字句，真是抬举我了。

问：其他呢？

答：有几幅辛德信的西洋画，还有一些弘一法师及丰子恺先生的，都是我心爱人物的作品。

问：按你现在的经济条件，收藏一些名人字画，是买得起的呀。

答：名人画也有好坏，不精的买得起，精的买不起。精的留在博物馆看，不精的不值得收藏。

问：你从来没有当收藏是一种投资吗？

答：（叹）我不知说过多少次，收藏字画或其他艺术品，等到有一天要拿出来变卖，就倒了祖宗十八代的霉了。如果当成投资的话，早就改行去学做古董鉴定家了。

问：小的时候呢？

答：小的时候也和同学一样，学过集邮，也下了不少功夫，如果能留到现在，也许值钱，但中途搬家搬了好几次，也散失了。

问：年轻时呢？

答：在日本那个年代，也收集过不少火柴盒，但一下子就厌了，全部扔掉。不过买打火机和烟灰盅的兴趣还是有的，每到一个新的地方，看到有特色的，一定买，不过不会花太多钱。多年下来，也有好几百个。

问：近来听说你要戒烟了？

答：咳得厉害，看来是要戒的。

问：那么那些打火机和烟灰盅呢？

答：可以编好号，集中起来卖掉，钱捐出去。卖不掉的话，找个我喜欢的人，也抽烟的，送给他好了。

问：还有什么舍不得分给人的呢？

答：只有茶盅了。

问：茶盅？

答：也有人叫为盖碗，旧式茶楼像陆羽和莲香，到现在也用来沏茶的瓷器。喝普洱的话，叶粗，用紫砂工夫茶壶不实际，还是用茶盅好。

问：你收藏的是什么茶盅？

答：只限于民国初期的。

问：为什么？

答：比民国初期还要老的，像清朝的，太贵了，买不起，还是去博物馆看。当今的，手工太粗，胎太厚，手感不佳，又俗气的居多，不值得买。

问：民国初期的茶盅有什么特别之处？

答：都是生活中用的，很平凡，但是当时的人比较优雅，做出来的普通用器有很高的品位。我从四十年前来香港时开始收集，最多是三四十块港币一个。

问：现在呢？要卖多少？

答：至少四五百吧，有的还叫到一两千呢。

问：那你有多少个？

答：很多。

问：你会拿来用吗？

答：（笑）当然。这些所谓的半古董，打破了也不可惜。玩艺术品的境界，是摩挲。不拿在手上用，只是看，不过瘾的。

问：怎么用？

答：每天拿来沏茶呀。春天用花开鸟鸣的图案，夏天是古人树下纳凉，秋天一片枫叶，冬天大雪中烹茶。还有大大小小，各种不同的状态，都可以变化来用。

问：你可以看出是真品吗？怎么看？

答：我不贪心，只研究一样茶盅，也只学民国初期的。像一个当铺学徒，从好货看起，我很努力地去博物馆看，看久了，就知道什么是真的，什么是假的。

问：买过假的吗？

答：当然。但是假得好，假得妙，也当是真的。

问：打破了多少个？

答：无数，多是菲律宾家政助理经手的。我自己洗濯时很小心，旅行时也带一个，放在锦盒中，不会碎。薄胎的茶盅很有趣，用久了总会有一道裂痕，但不会漏水出来，冲入滚水之后，瓷与瓷之间的分子相碰，竟然会发出"锵"的一声，像金属的撞击声，很爽脆，很好听。

问：我从来不会用茶盅，只懂得用茶壶，用茶盅会倒得满桌都是茶。

答：没有一个人从开始就会用茶盅，都得经过训练。我开始的时候也和你一样，倒得满桌都是，后来立心学，买一个普通茶盅，在冲凉时拼命学斟，一下子就学会了。你也应该学会的。

关于旅行

问：你说你已经不会回答重复的问题，我记得你还没有说过旅行，我们聊聊这一方面好吗？

答：一讲起旅行，许多人都会问我：你有什么地方没去过？真可叹。我没去过的地方多矣！每次坐飞机，都喜欢读机内杂志，各国航空地图对自己国内航线的地图画得最清楚，我看到那些密密麻麻的小镇名字，就知道自己多活三辈子，也肯定走不完。

问：你最喜欢的是哪一个国家？

答：这也是最多人问的问题之一，和问我最喜欢吃什么地方的菜一样。我的答案非常例牌（粤语方言，意为惯例），总是说最喜欢吃的菜，是和好朋友一起吃的菜；最喜欢的国家，是有好朋友的国家。并非敷衍，事实也是如此，每一个国家都有它的好处和缺点，很难以一个"最"字来评定。

问：最讨厌的国家呢？

答：最讨厌那些海关人员给我嘴脸看的国家。老子来花钱，为什么要看你那些不瞅不理的嘴脸？你是官，管自己的人民好了。我是客，至少要求自己的尊严。

问：那么下一次你就不会再去？

答：不，会再去。每一个国家的人都有好有坏，不能一棍子打沉一条船。

问：像南斯拉夫那种穷乡僻壤，你也住过一年。为什么不选欧洲更好的国家住？

答：那是为了工作，不得不住那么久，但是我也爱上你所谓的"穷乡僻壤"。住一个地方，愈住愈讨厌是消极的，发现它更多的好处也是另一种想法。所以我常说，天堂是你自己找出来的，地狱也是你自己挖出来的。

问：怎样找？

答：从食物着手是一个好的开始，有很多你没吃过的东西，有很多你没尝过的煮法。观察他们的生活方式，研究他们的历史，等等，都是空谈。最好的办法，是和当地人交朋友。

问：要是东西不好吃呢？是不是可以举一个实例来说明？

答：我到尼泊尔去，就能学习颜色的看法。尼泊尔一切都是灰灰黄黄的，当地人也觉得单调，染出来织布的绳线颜色非常鲜艳和大胆，冲撞得厉害，也不觉得不调和。这对于我画画很有帮助。

问：从旅行中，你还能学到什么东西？

答：学到谦虚和不贪心。我最爱重复的有两个故事，一个是我在印度山上，当地人整天烧鸡给我吃，我问她有没有吃过鱼，她说什么是鱼。我画了一条给她看，说你没吃过鱼，真是可惜。她回答说：我没吃过鱼，有什么可惜？另外一个故事发生在西班牙的小岛上。一早出来散步，遇到一个老嬉皮在钓鱼。地中海清澈见底，我看到他面前的鱼群很小尾，另一边的很大，我向他说：喂，老头，那边的鱼大，去那边钓吧。你知道他怎么回答，他说：我钓的，只是午餐。

问：去完一个地方，回来可以做些什么？

答：最好是以种种方式把旅行的经验记录下来。能用文字的人，写出来好了。或者画画，不然用相机拍。总是要留些回忆，储蓄来在老的时候用。忘得一干二净的话，以后坐在摇椅上，两只眼睛空空地望着前面，什么美好东西都想不起，是很可悲的。

问：你是不是一定要住最好的，吃最好的？

答：旅行分层次，年轻时拼命吸收的旅行，任何条件都不在乎。就算头顶上没有一片瓦，背袋当枕头也能照睡。经济条件得到改善，便要求吃得更好，住得更好，这是必然的。但是当你有了高级享受，就失去了刺激和冲动。每一个层次都有它的好处和缺点，不过一有机会便要即刻动身，不能等。

问：对于目的地的选择呢？

答：没去过的地方，哪里都好，可从到新界开始，再发展到澳门。

再去新加坡、马来西亚、泰国。要避免去假地方。

问：什么叫假地方？

答：像日本九州的豪斯登堡，很多香港人去，我就觉得乏味。它是一个假荷兰，说是一切依足建筑，但是走进大堂，就看到"出口""入口"的牌子，还有"非常口"呢。荷兰人哪会用汉字？真正的荷兰，也不过需十二小时的直飞。世界已小，不能浪费在假地方上。

问：到一个地方去，事前要花什么功夫？

答：买所有的参考书来看，详细研究地理、历史、文化。去的时候遇到当地人，对他们的国家有所了解，是一份尊敬，他们会更乐意做你的朋友。要是研究了竟然去不成，也等于去过了。

问：不过也有句古语说，行万里路胜过看万卷书呀！

答：不对，读书还是最好的。书读得愈多，人生的层次愈高，这是金庸先生教我的。他写小说的时候没去过北京，但书中的描述比住在当地的人更详细清楚。只要资料做足就是。高阳先生写历史小说，很多地方他也都没去过。日本有几本极畅销的外国旅游书，作者从不露面，新闻界追踪，最后在一个乡下找到，原来他是一个从来没踏出过日本本土一步的土佬。

问：有很多地方我也想去，但是考虑了很久，还是去不成，怎么办？

答：想走就走，放下一切，世界不会因为没有了你而不运转。说走就走，你没胆，我借给你。

关于照片

问：你主持过一些电视节目，有没有人要求和你拍照片？

答：有些认出我的人，等了好久才鼓起勇气，问我可不可以和他们拍一张照片。我总是说："我正在担心你会不会这么问呢。"

问：你有耐性吗？

答：有。不过有些人也实在要求多，来了一张又一张，贪得无厌时，我会借故走开。通常拍完一张之后，他们总会说再来一张，我做个顺水人情，没等他们开口，先说："补一张保险吧。"

问：眼睛不花吗？

答：花。有时一群人围过来，先拍张团体的，又一个个要单独照，眼前闪光灯亮个不停，留下黑点，弄得头晕，是常事，也惯了。

问：什么情形之下，你会觉得不耐烦？

答：又换角度，又对焦，左等右等就有点烦，他们比相机还要傻瓜。

问：会不会到讨厌的程度？

答：一般不会。有时出现个非亲非戚的生人，一下子就来个老友状，勾肩搭膀，如果对方是个大美人，又另当别论，否则真想把他们推开。最恐怖的是有些大男人还要抓你的手，一捏手汗湿淋淋，我又没有断袖之癖，真有点恶心。

问：但是总得付出代价的呀！

答：说得不错。不过如果能照成龙的主意做就太好了，成龙说最好是弄个箱子，要求合照就捐五块十块，给联合国儿童基金会。他老人家收获一定不错，我就做不了什么大生意，最好是把箱子里的钱偷去买糖吃。

问：我们记者来做访问，通常都带个摄影师来拍几张，你不介意吧？

答：摄影师大多数要求把手放在栏杆上或者双腿交叉站等等，我都很听话，有时还建议："要不要我把一张椅子放在面前，一脚踏上去，手架在腿上，托下巴？"这种姿势，二十世纪三四十年代最为流行。

问：哈，你也照做？

答：我只是说着玩的，他们真的那么要求，我就逃之夭夭。

（这时候摄影师走过来，向我说："请等一等，我把背后的那盆花搬一搬开。"）

答：我说一个故事给你听。从前我在邵氏制片厂工作，有一位叫张彻的导演，当摄影师要求道具工人把主角背后的东西搬来搬去时，张彻一定对摄影师说："你看到背景是什么的时候，你一定看不到主角脸上的表情。"

问：哈哈，杂志和报纸上登出来的照片，你满意吗？

答：没什么满不满意的。不管摄影师拍得好不好，回到编辑室，老编总是选那几张最难看的，他们在这一方面特别有才华。

问：你珍不珍惜报道你的文章和照片？

答：我不太去注意。有些人不同，他们一生没什么机会见报，所以特别重视。又有些人给水银灯一照，即刻上瘾，非制造些新闻出来不可。这是一种病。他们本人并不觉察，还拼命向记者说把名和利看得很淡，不爱出风头。其实他们一早就去买报纸和杂志，翻了又翻，看到照片小了一点，就伤心得要命。真是可怜！我才不会那么蠢，我知道有时一群记者围着你拍照，隔天一张也不登出来是常事。

问：你觉得还是低调一点比较好？

答：我也不介意以高姿态出现。干的是娱乐人家的事业嘛，要避也避不了，假什么惺惺？有些人口口声声说低调，结果杂志登出来的照片都是摆了姿势的，连他们的家里和办公室都拍出来，从家具和陈设来看，品位奇低。

问：对狗仔队，你有什么看法？

答：是一种职业。外国老早就有了，不是我们发明的。说是狗仔队跟踪,哪有那么巧?拍出来的照片大多数像事先安排,被拍的人心中有数,天下也没那么好的望远镜头,狗仔队跟踪的人怎么毫不知情?如果连这一点也不够醒目(粤语,形容人聪明、机灵,有眼色,反应快),那么丑事被拍下也是活该。

问:狗仔队会不会跟踪你?

答:我总是事先声明:"寡人有疾,寡人好色。"就算搞什么绯闻,编辑老爷看到了狗仔队拍出来的照片,往字纸篓一丢,骂道:"理所当然的事,有什么好拍的?"

问:那你一点也不怕狗仔队?

答:怕。

问:怕什么?

答:怕从麦当劳快餐店走出来,被拍一张,一世功名,毁于一旦。谁说我不怕?

关于道德和原则

问：你是不是一个很守道德的人？

答：哪一个时候的道德？

问：你这句话什么意思？

答：道德随时间而改变，遵守旧道德观念，死定。

问：什么叫新？什么叫旧？

答：从前的女子，丈夫先走了，守寡是美德。现在的女人，老公死了，你看她孤苦伶仃，就叫她再去找一个。要是你活在旧时代，你是一个劝人败坏道德的人。

问：……

答：还有，从前的人叫年轻人不可以打飞机（手淫），说什么一滴精一滴血，吓得他们脸都青掉，还以为自己是打飞机打出来的。现在的医生或八卦杂志都说手淫是正当的，不要太多就是。

问：那么婚外情呢？

答：更是笑话了。才七八十年前，我祖父那一代，一见到人，才不问"你吃饱了没有",那么寒酸。那时候的人,一见面就问:"你有多少个姨太太?"什么?才一个?那才是更寒酸了。你如果遵守以前的道德,有四个老婆也行,你现在就是死定的。

问:那么女人的婚外情呢?

答:从前要浸猪笼,现在没事。男女平等,男的许可的话,女的也应该没罪,只要不让对方知道就是了。

问:社会风俗的败坏呢?

答:你一个人的力量,能改变整个社会吗?

问:至少要守回自己的本分呀。

答:说得对。管他人干什么?

问:离婚后的子女问题呢?

答:我们的社会,愈来愈像美国。在美国,一班同学之中,只有你一个父母不离婚的,才受歧视。

问:孝顺父母呢?

答:啊,你问到重点了。但是,这不是道德的问题,这是原则,供养你长大的人,你孝顺他们,是不是应该的?不必回答吧!

问:做人是不是应该有原则?

答:道德水准已经不可靠了。只有原则是个不变的目标,是的,做人应该有原则。

问:原则会不会因为时间而改变?

答：不会。

问：你算是一个很有原则的人吗？

答：我算是一个很有原则的人。

问：你有什么原则？

答：孝顺不在话下，我很守时。

问：别人不守时呢？

答：那是他的事。

问：约了人，你老等，不生气吗？

答：我不在乎等人，所以约会多数是约在办公室，像你这次访问迟到了，我可以做别的事。

问：（有点羞耻）如果约在咖啡室呢？

答：（注视对方）那要看等什么人了。美女的话，可以多等一会儿。

问：（更羞耻，转话题）对人好，是不是原则？

答：是的，先对人好。人家对你不好，就原谅他，但是，也要远离他。

问：遵守原则，会不会处处吃亏？

答：吃亏，也要看你怎么看吃亏。不当成吃亏，就不吃亏了。要放弃原则很容易。我父亲教我的一些原则，我都死守着，像对人要有礼貌，像借了东西要还，像别无缘无故骚扰人家，像……

问：你答应过的事，一定要做到？原则上，你是不是一个守信用的人？

答：我是。有时承诺过的事现在做不到，但是会一直挂在心上，等有机会，就完成它。

问：婚姻是不是一种承诺？

答：是的，所以我不赞成离婚。当年自己答应过，不应该后悔。除非，对方已经完全变了一个人。对于这个陌生人，你没有承诺过任何事。

问：你说过原则是不会变的。

答：原则没有变，是人在变。

问：你这么说，等于没有原则嘛。

答：曾经有位长者，做事因为对方变而自己变，我问他："你做人到底有没有原则？"

问：他怎么回答你？

答：他说："没有原则，是我的原则。"

关于婚姻

问：对婚姻有什么看法？

答：没有人比英国作家王尔德讲得更好——男人结婚，因为他们疲劳了；女人结婚，因为她们好奇。两者都失望。哈哈哈哈。

问：女人总是想嫁的，要是嫁不出去怎么办？

答：因为大家都结婚，这些人没有嫁过，所以想嫁，就是王尔德所讲的好奇了。当今社会嫁不出去的女人很多，她们每个人都不是第一个。至于不结婚生儿育女，现在也相当流行，没什么了不起的。不嫁就不嫁嘛。为什么要为了一个制度去烦恼？

问：那为什么还有那么多人赶去结婚？为什么他们要结婚？

答：一时冲昏了头脑。爱到浓时，只想和这个人二十四小时长相厮守，大家就结婚了。要是能保持清醒，当然不会糊里糊涂地走进教堂。

问：你相信离婚这一回事儿吗？

答：不相信。

问：不相信？

答：不相信。因为这是一种承诺，我不相信答应过的事不遵守的。现在已没有指腹为婚的事。你结婚，因为你爱过，没有人用枪指你的头。

问：但是人总会变的呀！

答：不错，所以结了婚就要期待对方转变，让对方适应你，或者你去适应对方。如果改变到大家都成为一个不同的人，那么你已经不是对这个人做过承诺，可以离婚。离婚有种种理由，最直接又最爽快的是不能容忍的意见分歧。如果有自由的婚姻制度，那么就应该接受这个单纯的理由，别再拖泥带水，折磨他们。一二三，就那么简简单单地让两个永远痛苦的人分开好了。

问：子女呢？

答：问得好，最应该考虑的是下一代，为了他们而勉强在一起，甚无奈。但也是要接受的事实。所以我劝谕对婚姻制度没有信心的人，即使结了婚，也不要生儿女。

问：到底有没有完美的婚姻？

答：有的。我父母就是一个例子，他们真是白头偕老。看到许多老夫老妻手牵手散步的情景，我心中便起一阵阵的温暖。他们在一起，并不是由于婚姻的制度，一对老伴，也许对方有很多无可奈何的意见分歧，但始终接受对方的缺点，爱护和关怀多过一切。

图书在版编目（CIP）数据

来人间，就是玩 /（新加坡）蔡澜著. -- 南京：江苏凤凰文艺出版社, 2025. 1. -- ISBN 978-7-5594-9300-2

Ⅰ. I339.65

中国国家版本馆 CIP 数据核字第 2024P76727 号

著作权合同登记号：10-2024-478

本著作物由作者蔡澜授权，
在中国大陆出版、发行中文简体字版本

来人间，就是玩

[新] 蔡澜 著

责任编辑　　项雷达
特约编辑　　冯婉灵　赵哲安
装帧设计　　璞茜设计
责任印制　　杨　丹
出版发行　　江苏凤凰文艺出版社
　　　　　　南京市中央路 165 号，邮编：210009
网　　址　　http://www.jswenyi.com
印　　刷　　天津鑫旭阳印刷有限公司
开　　本　　880 毫米 × 1230 毫米　1/32
印　　张　　8
字　　数　　158 千字
版　　次　　2025 年 1 月第 1 版
印　　次　　2025 年 1 月第 1 次印刷
书　　号　　ISBN 978-7-5594-9300-2
定　　价　　45.00 元

江苏凤凰文艺版图书凡印刷、装订错误，可向出版社调换，联系电话 025-83280257